Sabine
Waldmann–Brun

Der blaue
Engel

Und andere Weihnachtsgeschichten

Inhalt

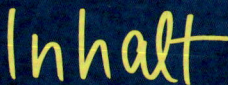

Neben dem Schimmer von Kerzenlicht, dem Duft und Glitzern eines geschmückten Tannenbaums und der Freude am Feiern trägt das Weihnachtsfest noch einen anderen, ganz eigenen Glanz – einen, der zurückhaltend, doch stark und lebendig auch in der Abwesenheit all der äußerlichen Schönheiten strahlt. Es ist der Glanz einer unerhörten Begebenheit – der große Gott besucht unsere schöne und gleichzeitig krisengeschüttelte Menschenwelt. Er lässt sich nicht abhalten von Kummer, Armut, Krankheit und Not. Nein, gerade deswegen hat Er sich auf den Weg gemacht, wird in einem ärmlichen Stall geboren, fernab jeder Hightech-Medizin, geschweige denn von Schmerzmitteln und Ultraschallgeräten oder auch nur der Möglichkeit, Wasser heiß zu machen. Stattdessen stand das eine oder andere Schaf neben dem harten Lager der werdenden Mutter und ein vermutlich in Geburtshilfe gänzlich unerfahrener Ehemann ...

Den Geschichten in dieser Sammlung ist dieser kleine, feine Glanz gemeinsam, der sich bei genauerem Hinsehen, Ohrenspitzen und Herzöffnen erschließt. Pauken und Trompeten wird man vergebens suchen, aber Türen entdecken, die – jetzt nicht mehr verschlossen – in neue Möglichkeiten locken. Und kleine Leuchtzeichen, die das

Potenzial zur Entfaltung in sich tragen. Und die unerschütterliche Hoffnung, dass dank der Liebe, die in des großen Gottes stillem Besuch auf dieser Erde Gestalt wird, alles gut werden kann.

Sabine Waldmann-Brun

„Schau doch noch einmal unter ‚Kirche' nach, vielleicht gibt es ja dort eine Möglichkeit", sagte sie und verlagerte ihr Gewicht ein wenig zur Tür hin, um diese einen Spalt weit zu öffnen. Es war eng und stickig in der Telefonzelle, und dem Telefonbuch sah man deutlich sein fortgeschrittenes Alter an. Dass sie es überhaupt noch hier gefunden hatten, nachdem die Telefonzelle schon lange zum öffentlichen Bücherregal geworden war …

„Meinst du, wir sollten zur Not versuchen, in einer Kirche zu übernachten?" Seine dunklen Augen suchten zweifelnd ihren Blick. „Es ist natürlich Feiertagsverkehr, aber vielleicht hast du recht. Es muss ja nicht gleich eine Kirchenbank sein, vielleicht gibt es ja noch das eine oder andere kirchliche Tagungshaus?"

Sie strich liebevoll mit der Hand über ihren gewölbten Leib.

„Wir werden sehen", sagte sie zuversichtlich und sah dabei zu, wie er diese und jene Adresse notierte, „es ist doch ein christliches Land. Bestimmt werden wir eine Unterkunft bei guten Menschen finden."

Sie schaute durch die beschlagenen Scheiben nach draußen. Die alte Telefonzelle befand sich direkt gegenüber der großen Kirche und hatte auch in Gegenwart von solch verschwenderischer historischer Pracht bislang ihren Standort bewahren können.

Jossel verbarg den Notizzettel in seiner Manteltasche und sie traten aus der Enge ins Freie.

„Ist sie nicht wunderschön?", staunte sie und zeigte nach oben. „Und sieh nur die Figuren auf dem Dachfirsten und die goldenen …"

„Vorsicht!", rief er, griff unter ihren Arm und zog sie ein Stück zur Seite, während zwei geschäftige Männer in Arbeitsblau mit Beleuchtungsutensilien an ihnen vorbei hasteten.

„Jossel, lass uns hineinschauen. Wie schön mag es erst drinnen sein?"

Da der Nachmittag erst angebrochen war, beschloss er, nicht zu hetzen. Wenn sie Freude daran hatte, einen Blick in das Innere der Basilika zu werfen, nun gut.

Sie näherten sich dem Hauptportal.

„Da können Sie nicht hinein!", rief eine hektische Frauenstimme.

„Aber warum nicht?", fragte Mary das dazu gehörige müde, aber farblich aufgebesserte Gesicht.

Die Regieassistentin, in ein hautenges Lodenkostüm gezwängt, wedelte abwehrend mit reich beringter Hand.

„Sie sind wohl nicht von hier?" Ihr abschätzender Blicke fiel auf Marys abgeschabten roten Wollmantel. „Jedes Jahr in der Adventszeit wird hier das Weihnachtsoratorium aufgeführt. Die Premiere wird sowohl vom Weihbischof als auch vom Herrn Bürgermeister besucht" – Ihre Stimme fiel in einen leiernden Ton bei der Aufzählung der Honoratioren – „sowie dem Herrn Bundespräsidenten persönlich."

Das Ende ihrer Rede enthielt unmissverständlich die Aufforderung, das Gelände zu verlassen. Aber während Jossel bereits die möglichen Wege des Rückzugs bedachte, wollte Mary doch noch eines wissen.

„Und das Kind? Wird das Kind da sein?", fragte sie mit leuchtenden Augen.

Unwillige Falten knitterten die Stirn der Hüterin des Gebäudes.

„Welches Kind? Da gibt es doch kein Kind. Bei dem Brimborium würde ja jeder Säugling in der Krippe verrückt. Jetzt gehen Sie endlich, Sie stehen im Weg!"

Von der Straße her nahten bereits wieder zwei Träger von Beleuchtungsgeräten. Und sie eilte mit einer fahrigen Handbewegung zur großen Eingangstür und verschwand darin.

„Jossel, hast du gehört!", Mary wunderte sich.

„So ein schönes Haus für das Kind", fuhr sie fort, „und dann soll es nicht dabei sein? Sie sagt, es sei zu laut da drin. Aber sie könnten doch leise sein, damit es nicht aufwacht …"

„Komm jetzt, lass uns schauen, ob im Tagungshaus noch Platz für uns ist", riet Jossel und zog den grauen Schal ein wenig höher und die schwarze Mütze ein Stück tiefer über die Ohren.

Sie gingen über den Kiesweg hinunter, folgten dem Wegweiser und standen bald vor der Tür des Gästehauses. Mary drückte den Klingelknopf. Lange geschah nichts. Als sie gerade zum dritten Mal den dumpfen Summton in die verborgenen Flure schicken wollte, tat sich das Pförtnerfenster auf.

Ein schmales Männergesicht, untermalt von einem gestärkten weißen Kragen mit Fliege, ließ sich sehen und beschaute fragend die beiden ärmlichen Gestalten.

„Eine Übernachtungsmöglichkeit suchen Sie?"

Das frische, von der kalten Luft gerötete Gesicht der jungen Frau, das, von ein paar vorwitzigen dunklen Löckchen umspielt, aus der Umrahmung des blauen Wolltuchs hervor schaute, erfreute sein Herz, aber in seinem Kopf schienen sich die Möglichkeiten, die sich aus der Beherbergung einer Hochschwangeren ergaben, zu einem ungastlichen Dickicht zu verfilzen.

Er wartete darum auch keine Antwort ab, sondern fuhr eilig fort: „Wir haben hier gerade eine Einkehrtagung. Zu Advent ist das in jedem Jahr üblich."

Er wurde feierlich: „… und wir meditieren die Ankunft des Gottessohnes."

„Oh, wir kehren gerne mit ein", schaltete Mary sich erfreut ein, da sich eine kleine Pause in seiner Rede auftat. „Ich kann auch in der Küche mithelfen."

„Es handelt sich um eine Fasten-Einkehrtagung", fügte er schnell hinzu. „Die Küche bleibt kalt!"

Der Pförtner nahm seinen Faden wieder auf und eilte mit Worten dahin voraus, wo er schon anfangs im Blick auf die Schwangere sein Ziel gesetzt hatte: „... und das Haus ist voll belegt!"

Enttäuschung malte sich auf Marys Gesicht, doch Jossel hatte derlei kommen sehen und grüßte dankend zum Abschied. Der Pförtner schickte noch ein höfliches „bedaure" hinaus, bevor er das Fensterchen schloss.

Sie versuchten ihr Glück bei verschiedenen Gasthäusern und Pensionen der unteren Preisklasse. Ihr Budget erlaubte nicht das Vorhandensein von Sternen in der Hotelkategorie. Aber auch die kleineren Häuser und selbst die Privatzimmer waren alle zu dieser festlichen Zeit ausgebucht, zumal ja auch das Spektakel in der Basilika große Aufmerksamkeit im ganzen Land erregte.

Am Abend gingen sie die Hauptstraße entlang. Es war schon dunkel geworden, die Menschen hasteten immer noch in ungebrochener Geschäftigkeit an ihnen vorüber. Nur dass das Bild zunehmend von feingrauen Herren mit Aktentaschen durchsetzt wurde, die von den Banken ausgespuckt worden waren. Frauen schleppten kräftig gefüllte Plastik-tütensammlungen und trugen Paketstapel vor sich her. Sterndekorationen durchblinkten vorlaut die Nacht, und immer wieder grüßten dicke alte Män-ner mit weißen Bärten aus roten Kostümen. Die meisten trugen auch passende rote Mützen, aber viele von ihnen machten einen irgendwie unech-ten Eindruck. Vor dem Kaufhof spielte ein blinder Bettler auf einer Mundharmonika Weihnachtslie-der. Mary und Jossel verweilten eine Liedlänge und sahen im Weitergehen noch, dass er ihnen zum Abschied zuzwinkerte. Sie lächelten zurück und wollten gerade in eine Seitenstraße abbiegen, in der Jossel eine letzte Möglichkeit zur Einkehr ver-mutete, als Mary wieder etwas entdeckt hatte.

Und schon hatte sie sich von Jossel gelöst und war hinüber geeilt zu einem Schaufenster. Sie presste die Nase an die Scheibe, sie staunte und schaute und betrachtete beglückt, welch kleine Welt sich dort hinter dem Glas entfaltete. Auch Jossel trat nun hinzu und buchstabierte die ver-schnörkelten Leuchtbuchstaben des Reklameschil-des. „De-vo-ti-o-na-li-en" stand da. Mit diesem Be-griff konnte er nicht viel anfangen und so wandte auch er sich dem Innenleben des Schaufensters zu.

„Sind sie nicht wundervoll?", flüsterte Mary und deutete auf die große Krippenszene, die dort aufgebaut war: Inmitten einer aus Moos und Tan-nenreisern errichteten Miniaturlandschaft lehnte

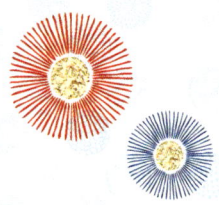

Vom Himmel hoch, da komm ich her,
ich bring euch gute neue Mär;
der guten Mär bring ich so viel,
davon ich singn und sagen will.

Martin Luther

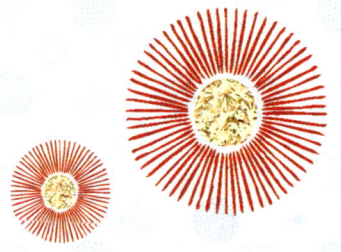

ein aus Zweigen und Ästchen gebautes, vorne offenes Häuschen, in dem eine männliche und eine weibliche Wachsfigur um ein Kästchen standen. Darin lag ein winziges, nacktes Püppchen in Heu gebettet. Ein dickes, plüschiges Rindvieh und ein ebenso eindrückliches Eselimitat schauten von hinten aus dem Dunkel der Hütte zum Kind hinunter.

„Dass es nicht besser eingewickelt ist", meinte Mary besorgt, „sieh, wie warm hingegen die beiden anderen angezogen sind."

Und richtig, die weibliche Figur trug ein um den Kopf geschlungenes blaues Tuch über dem roten Mantel, während die männliche Figur zum Mantel sogar Mütze und Schal in schwarz und grau trug. Jossel besah die Szene eher unter handwerklichen Aspekten und überlegte insgeheim, ob er wohl auch demnächst im nahen Wald eine Hütte wie diese würde bauen müssen, nachdem es hier im Ort keine Unterkunft zu geben schien, als Mary ihn auf etwas aufmerksam machte, das ihm bislang entgangen war: Weiter hinten im Laden stand ein Stapel Kisten und ganz zuoberst darauf eine mit einem aufgedruckten blauen Engel.

„Die müssen wir haben," sagte sie mit Nachdruck und griff ihn am Ärmel, „bitte geh hinein und kauf sie!"

Jossel, dem es im Blick auf die schon vorgerückte Stunde nicht mehr ganz so flexibel zumute war, was die Zeiteinteilung anging, schüttelte einen Anflug von Ungeduld ab und öffnete die Ladentür, die sich mit einem goldtonigen Gebimmel öffnete. Mary folgte.

Hinter der Theke schaute ein weißhaariger alter Herr vom Geldzählen auf und musterte prüfend die beiden Gestalten.

„Gerade wollte ich den Laden schließen. Da haben Sie aber noch Glück gehabt! Brauchen Sie noch ein Geschenk?"

Er klang ein wenig müde, aber nicht unfreundlich.

Mary schaute sich suchend um und hatte schon bald gefunden, worauf sie bereits von draußen ein Auge geworfen hatte. Sie zeigte mit dem Finger in die besagte Richtung.

„Die Kiste dort, bitte, wir hätten gern diese Kiste gekauft."

Der Alte schaute belustigt drein, war aber in vierzig Geschäftsjahren von der Kundschaft einiges gewohnt. Er ergriff den Pappkarton, zum Glück leer, und überreichte ihn dem Paar mit den Worten: „So, den schenke ich Ihnen. Schöne Weihnachten!"

Das war eigentlich ironisch gemeint, aber die beiden lächelten so erfreut, dass es ihm warm ums Herz wurde, sodass die Frage, die nun Jossel noch anzufügen wagte, durchaus auf guten Boden fiel: „Sie wissen nicht eine günstige Übernachtungsmöglichkeit! Die ganze Stadt scheint ausgebucht zu sein!"

„O ja", fügte Mary hinzu, „wir haben schon den ganzen Tag gesucht und nichts gefunden."

Der Alte musterte die beiden in ihren verschlissenen Wintermänteln, und dann kam ihm ein Gedanke, durchaus unüblich, aber bevor sie unter der Brücke übernachten mussten ...

„Gehen Sie zum Huber", sagte er müde, „der hat ein Gartenhäuschen."

Und er beschrieb ihnen den Weg.

Huber stand in der Küche und sichtete die Vorräte. Eine Zigarette im Mundwinkel, fuhr sich der knapp Fünfzigjährige über das stoppelige Kinn und überlegte, wie sich eine Packung Vollkornreis mit einer Dose Ananas zu einem akzeptablen Mahl kombinieren ließe. Die Feierei lag ihm nicht, aber der Kerl mit dem Hund hatte sich angesagt, dazu seine alte Tante aus der Dachwohnung und vielleicht noch Lee und Nok, die beiden Thaimädchen, aber erst spät, nach der Vorstellung und dem Danach in der „Lido"-Bar. Gerade suchte er nach einer Zwiebel, als es klingelte. Er lugte durch den lange nicht gewaschenen, von Nikotin gegilbten Vorhang und sah einen Mann und eine Frau vor dem Gartentor stehen. Nobel sahen sie gerade nicht aus, das war ihm durchaus sympathisch, aber was wollten die von ihm?

Er schlurfte zur Tür, winkte die beiden zum Haus, registrierte den Bauchumfang der jungen Frau, wunderte sich über den Pappkarton, den sie unter dem Arm trug und grüßte sparsam:

„Na, was gibt es?"

Die Bitte um ein kurzzeitiges Quartier in seinem Gartenhäuschen auf Empfehlung des Händlers hin wurde von dem seltsamen Pärchen auf eine Art vorgebracht, die etwas Vertrautes in ihm anrührte. Zwar war der Huber ein Menschenscheuer, aber einer, der um die Heimatlosigkeit wusste. Und wenn ihm diese in Kombination mit einer solchen Zuversicht und Freundlichkeit entgegentrat, so schmolzen die Eisberge seiner sonst oft an den Tag gelegten Ruppigkeit zu einem kleinen Rest zusammen, und sein Herz kam deutlicher zum Vorschein.

„Jaja, das geht schon. Ist halt ein bisschen kalt. Ich gebe euch noch ein paar Decken mit. Strom hat es nicht. Kerzen halt. Wasser könnt ihr hinter dem Haus holen. Ist nicht abgestellt. Eimer steht in der Ecke."

Sie bahnten sich den Weg durch den winterlich struppig daliegenden Garten bis zu der Hütte. Stabil aus Holz gebaut, stand sie inmitten einer Brombeerhecke. Ein kleiner, nur mit einem Hocker, einem Tisch und einem Feldbett möblierter Raum tat sich beim Eintreten auf.

Jossel und Mary dankten, der Huber wollte sich, nach Überreichung der Decken, schon wieder verabschieden, als er einen Ausruf der Verwunderung hörte und sich noch einmal umblickte.

Mary stand mit offenem Mund und strahlendem Lächeln vor der hinteren Wand, die bis fast zur Zimmerdecke mit Kisten zugestapelt war.

Der Huber war schon seit einer Viertelstunde abgezogen, aber noch immer stand Mary und staunte.

„Jossel, sieh dir das an!"

Jossel schaute und sah etwa achtzig Kisten mit Recyclingpapier, und von jeder der Kisten sah ihnen ein blauer Engel entgegen. Jossel lächelte seiner Frau zu, aber dann sah er, dass sich ihr Gesichtsausdruck zu einem ungläubigen Staunen hin veränderte. Es folgte ein schmerzvolles „Oh, Jossel, ich glaube, es kommt ..."

Und er wusste, nun gab es alle Hände voll zu tun, und gut, dass sie endlich, endlich eine Bleibe hatten.

Spät in der Nacht, als seine junge Frau sich, erschöpft auf dem Feldbett liegend, die Schweißperlen von der Stirn wischte und das rosige Gesicht des schlafenden Neugeborenen aus einem gut wärmenden Tücherpaket hervorlugte, ließ auch Jossel sich schwer auf den Hocker sinken. Er warf noch einen liebevollen Blick in die Kiste mit dem blauen Engel, in die sie das Baby gebettet hatten. Gerade wollte er die Augen schließen, als er seine Frau flüstern hörte:

„Jossel, schlaf noch nicht ein. Der Huber soll der Erste sein, der sich mit uns über das Kind freut. Geh und hol ihn!"

Und Jossel sammelte seine verbliebenen Kräfte, rieb sich den kommenden Schlaf noch einmal aus den Augen und machte sich auf, um den Huber zu holen.

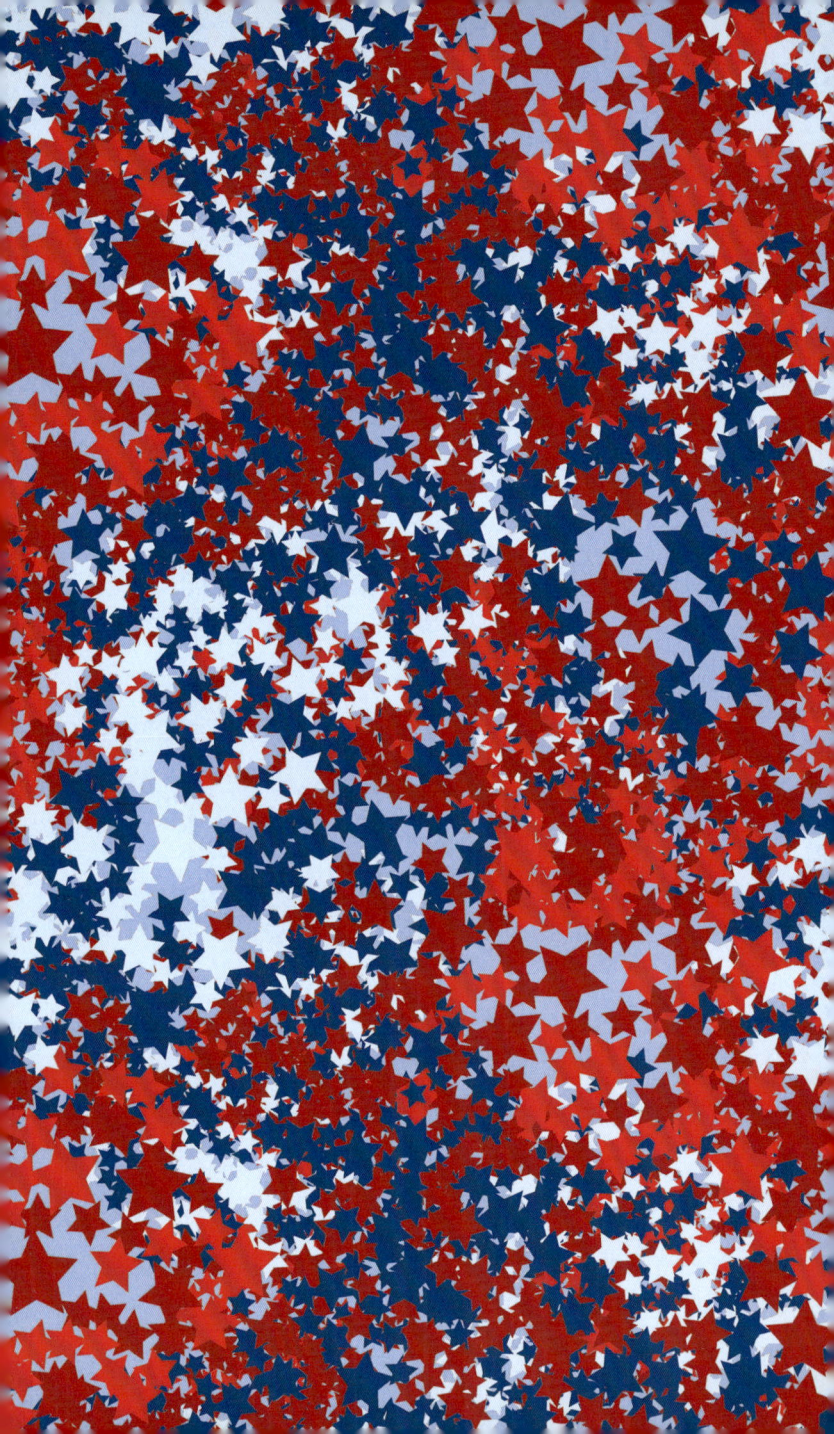

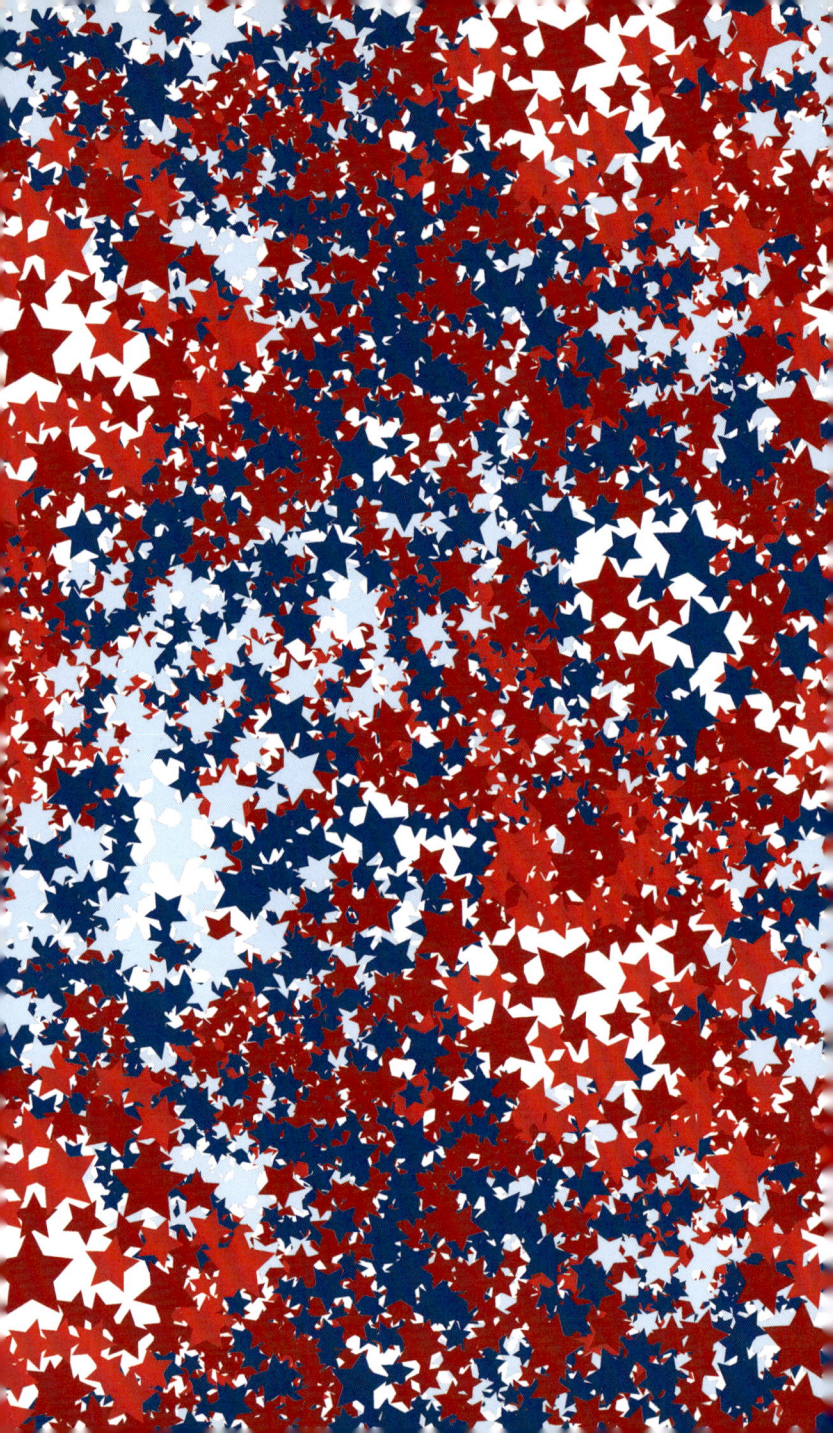

Rudolf Ignatius arbeitete auf dem Jugendamt der Stadt. Dass dies wohl ein hartes Brot sei, hörte er des Öfteren, und es entsprach auch der Wahrheit, aber das damit ausgedrückte Mitgefühl vermochte ihn weder zu trösten noch die tiefen Knitterfurchen auf seiner Stirn zu glätten. Nun hatte ihn auch noch seine Freundin im Stich gelassen. „Wenn du nicht aufpasst, wirst du bald ein Gesicht wie ein Rübenacker haben", hatte sie ungehalten schon oft gesagt.

Und dann, an einem Novembermorgen vor nicht allzu langer Zeit, hatte Katie, die noch jung, schön und faltenfrei das Leben genoss, ihn verlassen. Dass sie in seiner Gesellschaft noch trübsinnig werde, waren ihre letzten Worte gewesen.

So trug Rudolf Ignatius in diesen fortgeschrittenen Dezembertagen nicht nur schwer an der Last der Arbeit, sondern auch noch eine grämliche Portion Liebeskummer mit sich herum.

Das trübe Wetter tat sein Übriges, und so bewegte er sich in einem zähklebrigen Zeitbrei voran, mehr dahintreibend als selbst gehend und mit einem Grauschleier, der sein Lebensgefühl beschattete. Dazu kam, dass er fast ständig fror.

In diesen Tagen nun geriet er pflichtgemäß von einer zu anderen Weihnachtsfestlichkeit.

„Absitzen" war seine Devise für derlei Veranstaltungen. Absitzen, früh nach Hause und dann ins Bett. Sein Bett schien immer noch der für Rückzug am besten geeignete Ort zu sein, dort wurde es nach einer zähneklappernden Eingewöhnungsphase bald angenehm warm, und wenn er einmal eingeschlafen war, hörte er auch das Telefon nicht mehr. Falls überhaupt jemand auf die Idee kam, ihn anzurufen.

Allerdings, so muss man hinzufügen, träumte er in letzter Zeit nicht gut. Da war zum Beispiel die Szene in der Kantine gewesen: Im Traum stand er, ganz wie an jedem Tag, in der langen Schlange, brav wie alle anderen mit Tablett, Besteck und Papierserviette bewaffnet. Ein stiller Dulder, der auf seine Portion des geschmacklosen, da meist zu lange gekochten Einheitsessens wartete. Nur langsam verringerte sich der Abstand zur Essensausgabe, die Bewegungen des Schöpfens und der sich abwechselnden Angestellten waren immer gleich, auf eine zeremonielle Art automatisiert.

Schließlich hatte er die Theke erreicht, dann war es so weit, nein, halt, es wäre so weit gewesen, aber er war übergangen worden! Schon wurde sein Nachfolger mit der gewohnten Bewegungsabfolge bedient, es ging weiter und weiter, aber er stand, das leere Tablett in der Hand, an den Rand gedrückt, noch hungrig und hilflos da.

Er wagte es, leise, vorsichtig, denn damit unterbrach er womöglich das zeremonielle Geschehen, die Frage zu stellen, ob er denn heute nichts zu essen bekäme.

Er erhielt keine Antwort. Als sei er Luft, unsichtbar, nahm das Geschehen seinen Lauf, automatisch, grau und ohne Worte. Er fragte etwas lauter, wieder gab es keine Antwort.

Schließlich stieg Zorn in ihm auf. Er fühlte sich behandelt wie ein Schuljunge, der in der Ecke stehen soll und schrie wütend: „Wird mir jetzt mal jemand eine Antwort geben? Warum bekomme ich nichts zu essen?" Und mit einem wütenden Hieb rammte er dem Nächststehenden die Gabel in den Bauch.

An dieser Stelle war Rudolf Ignatius schweißgebadet erwacht.

Zwei Tage vor Heiligabend war er wieder in eine Weihnachtsfeier hineingeschwemmt worden, eine der langweiligsten, wie er bereits ahnte, die sich gut im Halbschlaf verbringen ließ.

Es handelte sich um die alljährliche Mitarbeiterweihnachtsfeier, in der jedes Jahr neu der klägliche Versuch misslang, die beruflichen Tiefschläge des Jahres wie nicht genehmigte Gelder und immer wieder scheiternde Klienten einmal ganz beiseite zu lassen und ein fröhliches Fest zu feiern.

Wie in jedem Jahr fand die Veranstaltung im städtischen Weinkeller bei schummriger Beleuchtung statt, und es waren so viele Angestellte geladen, dass er in einer Ecke des Restaurants unerkannt untertauchen konnte.

Zumindest war dies auch heute sein Ansinnen gewesen, aber der beginnende Schlummer verzögerte sich durch die Ankunft einer Dame mittleren Alters. Wenn er später an sie zurückdachte, so hatte ihre Erscheinung wie eine weiche, fliederfarbene Wolke gewirkt, wohlriechend und warm. Ein wenig erinnerte die Frau ihn an Schilderungen, die ihm früher in Märchen begegnet waren, wenn es um liebevolle, allseits beliebte Kindermädchen ging. Sie grüßte freundlich und auf eine charmante Art zurückhaltend, bevor sie sich weich auf dem ihm am nächsten stehenden Stuhl niederließ.

Rudolf Ignatius ließ die Veranstaltung an sich vorüber plätschern, und auch die Wolkendame hüllte sich in vornehmes Schweigen, das sie nur dann und wann mit einem teilnahmsvollen Nicken untermalte oder für ein Lob unterbrach. Auch schien von ihr ein gewisse warme Wohligkeit auszugehen, so dass es Rudolf Ignatius im Dahindämmern ein wenig wärmer ums Herz wurde.

„Wenn ich wüsste, in welcher Abteilung sie arbeitet", dachte er, als sein Chef gerade eine zwar groß angelegte, aber nichtssagende Rede in Angriff nahm.

„Vielleicht könnte ich ihr ja diesen und jenen Fall übertragen, sie hat etwas so Mütterliches ...?"

„Mein lieber Rudolf", unterbrach ihn plötzlich,

aber vorsichtig ihre Stimme, und an dem Päck-chen, das sie in der Hand hielt, erkannte er, dass es jetzt ans Bescheren ging.

Ach ja, richtig, man hatte ja wieder einen Jul-klap organisiert, das alte, schwedische Spiel, bei dem man einen Namen zog und dessen Träger be-schenkte. Aber halt, hatte er überhaupt einen Zet-tel mit seinem Namen in das Körbchen eingelegt, das damals durch die Abteilung gereicht worden war?

„Dieses Paket ist für dich", sagte die Wolkenda-me wie eine Lottofee bei der Zuteilung des ersten Preises. „Ich weiß doch, dass dir so oft kalt ist. Es kann nicht gut sein, wenn man friert." Und bei dem letzten Satz wiegte sie besorgt den Kopf.

„Ähm, ja, Dankeschön!", stotterte Rudolf Igna-tius mit vorsichtiger Begeisterung, kam sich ein wenig überrumpelt vor und wusste nicht, was er sagen sollte. Aber er musste jetzt wieder einen Au-genblick still sein, denn auf dem zu Ende gehen-den Programm stand das Schlusslied des Sekretä-rinnenchors, gleich danach begann das allgemeine Geschiebe und Gedränge des Aufbruchs, in dem er seine wolkige Nebensitzerin aus den Augen verlor.

Schließlich stand er wieder allein in der Dun-kelheit der Bushaltestelle, in der rechten Hand den diesmal glücklicherweise nicht vergessenen Regenschirm, in der linken Hand das in dunkel-blaues Sternchenpapier eingewickelte Paket.

Im Bus betastete er es vorsichtig. Weich war es, rundherum. Vielleicht in Paar Socken? Aber das Paket sollte die Überraschung noch ein wenig für sich behalten, bis er sein Zuhause erreicht hatte.

Wie sich dort herausstellte, hatten nicht seine Füße Grund zur Freude, sondern die Umgebung seines Herzens: Rudolf Ignatius befreite ein feinwolliges Unterhemd aus dem Geschenkpapier. Schien es ihm nur so, oder ging tatsächlich ein leiser Lavendelduft davon aus? Er freute sich, ja, wirklich, ganz außerordentlich, zumal er nicht zu den Söhnen gehörte, die schlechte Erinnerungen an überfürsorgliche Mütter mit sich herumtragen. Ganz im Gegenteil, seine Mutter war eher ein wenig nachlässig gewesen, was die Kindererziehung anging – oft genug hatte er sich erkältet, wenn der einzige Schal im Winter wochenlang in der Wäsche verweilte oder die Handschuhe nicht auffindbar waren. Jetzt jedoch trug er das Hemd, wie man einen Schatz trägt, zu dem kleinen Spiegel im Bad, blätterte sich aus Weste und Pullover und schlüpfte hinein. Er stellte befriedigt fest, dass das Hemd wie angegossen passte.

Woher dieses lilawolkige Frauenzimmer wohl seine Hemdgröße gewusst hatte? War sie ihm überhaupt schon einmal bei der Arbeit begegnet? Er konnte sich einfach nicht erinnern, in wie tiefe Falten er sein Stirn auch legte.

Rudolf Ignatius beschloss, das Hemd über Nacht anzubehalten. Die Wärme, die sich im Bauchbereich, in seinem geplagten Rücken und in der Herzgegend auszubreiten begonnen hatte, mochte er vorerst nicht wieder abstreifen.

Er vergrub sich tief in seinem Bettzeug und versank bald in einen angenehmen Schlummer.

Diesmal träumte er von warmem Meerwasser, einem sich hoch darüber wölbenden, lavendelfarbenen Himmel und dass er auf einer silberhellen Eisbahn, direkt am Strand des sommerlichen Meeres, leicht dahinglitt.

Große, bunte Vögel gingen im Sand spazieren und hier und da konnte man ein Grüppchen Menschen sehen, die er kannte, die ebenfalls angenehmen Beschäftigungen nachgingen.

Dort drüben, war das nicht das fünfzehnjährige Mädchen, das gestern erst bei ihm auf dem Amt vorstellig geworden war? Hier schaute es gar nicht mehr so bockig und doch elend aus wie gestern. Wie eine Portion Wohlbefinden doch ein Menschengesicht verändern konnte!

Und war da nicht ...

Das penetrante Schnarren des Weckers erinnerte Rudolf Ignatius daran, dass es Zeit war, aufzustehen und sich den Erfordernissen des Tages zu widmen.

Im Büro nahm alles seinen gewohnten Gang. Einen Tag vor Heiligabend waren seine Klienten nicht froher als sonst. Ganz im Gegenteil. Die süßen Plätzchen- und Trautesheim-Erwartungen der Menschen schienen in diesen Tagen ein besonderes Maß an Enttäuschung und Streitlust zu provozieren. Leider zeigte es sich, dass die traditionellen Familienkonflikte sich auch durch Kerzenschein nicht lindern ließen.

Im Laufe des Vormittags dann geschah es, dass Rudolf Ignatius auf der Stirn seines im selben Zimmer arbeitenden Mitarbeiters ein ähnliches Faltenspiel beobachtete, wie Katie es vor nicht langer Zeit in seinem eigenen Gesicht bemängelt hatte. Es lag ihm fern, das Geknitter mit einem Rübenacker zu vergleichen, aber vielleicht war es ja möglich, dass auch Peter Boll die Arbeit über den Kopf wuchs? Und wer konnte es wissen, vielleicht hatte ja auch er Kummer im Privatleben?

Gut gewärmt und damit offenohriger als sonst, glaubte Rudolf Ignatius so etwas wie Überanstrengung aus der Stimme seines Mitarbeiters herauszuhören, ein Zustand, der nicht erst heute zutage trat, sondern, wenn er zurückdachte, schon seit geraumer Zeit anhielt. Allerdings hatte er zu viel mit sich selbst zu tun gehabt, um derlei nicht nur verschwommen wahrzunehmen.

„Sag, Peter", begann er unter Ansammlung aller Mutreserven, und unterbrach damit das dumpfe Bürobrüten für einen Augenblick. „Wollen wir nicht heute Abend eine Lasagne essen gehen?" Der Angesprochene brauchte eine Weile, bis die Wärme der Einladung sich durch seine Gedankenfalten hindurchgepflügt hatte, aber dann war er begeistert.

„Ja, äh, doch, eine famose Idee!", beeilte er sich zu entgegnen, und so kam es, dass sich an diesem Abend eine zweiköpfige Männerrunde bei einer Lasagne vorzüglich unterhielt.

Als Rudolf Ignatius spät auf dem Heimweg noch einmal genüsslich die freundliche Intensität des Abends nachklingen ließ, fragte er sich, warum ihm nicht schon früher die Idee gekommen war, wieder einmal mit Freunden einen Teil der Freizeit zu verbringen. In der Zeit mit Katie schienen die alten Freundschaften alle etwas eingestaubt zu sein. Das sollte jetzt ein Ende haben. Es war, als sei er nach einer langen Zeit des Winterschlafes nun wieder erwacht, obschon der natürliche Winter noch andauerte. Der Winter in seinem Herzen aber schien leise zu Ende zu gehen. Das Hemdgeschenk hatte doch allerlei ausgelöst. Was solch ein schlichtes Wollhemd vermochte! Gewiss war es mitverantwortlich!

Und dann war der Heilige Abend da, und weil er auf einen Donnerstag fiel, war nur ein halber Arbeitstag zu bestreiten. Wenn auch die Kundschaft heute problembeladen wie stets antrat und das Hil-

Ich lag in tiefster Todesnacht,
du warest meine Sonne,
die Sonne, die mir zugebracht
Licht, Leben, Freud und Wonne.
O Sonne, die das werte Licht
des Glaubens in mir zugericht',
wie schön sind deine Strahlen!

Paul Gerhardt

fen- und Antwortenfinden sich schwer wie immer gestaltete, stellte Rudolf Ignatius fest, dass zumindest das Gespräch von gestern Abend sich äußerst positiv auf die Stimmung im Büro auswirkte.

Und dann war Feierabend, mit der erfreulichen Aussicht auf immerhin drei freie Tage.

Rudolf Ignatius beschloss, zur Feier des Tages in die Kirche zur Christnachtfeier zu gehen.

Zwar hatte er immer das Gefühl gehabt, dass es in dem großen, steinernen Gebäude der Stadtkirche noch kälter sei als draußen, aber heute würde sein Hemd ihn wärmen. Auch war er seit langem der Meinung, die Kirchgänger müssten ein recht eigenartiges Völkchen sein. Und das schien auch heute nicht anders zu sein, denn es schienen im Kirchenschiff die ungeschriebenen Regeln zu gelten, dass erstens in einer Bank nicht mehr als maximal drei, schon einander bekannte Personen Platz nehmen dürften, zweitens Gespräche mit Unbekannten zu vermeiden seien und drittens der Beteiligung am gemeinsamen Gesang nur brummend, für andere fast unhörbar nachzukommen sei.

Rudolf Ignatius ließ sich schüchtern in einer der hinteren Bänke nieder und beschloss, die Sache erst einmal auf sich zukommen zu lassen. Dass man sich aber auch nicht um Neulinge kümmerte! Wie sehr hätte er sich einen freundlichen Begrüßer gewünscht, der ihn mit sich in eine der vorderen Reihen gezogen hätte. So wäre ein wenig mehr Zugehörigkeitsgefühl möglich geworden. Aber es geschah nichts dergleichen.

Wahrscheinlich war die Gemeinde einfach zu groß. Nun ja, er war es ja auch nicht anders gewöhnt.

Schließlich nahm der Gottesdienst mit einem relativ wohlklingenden Orgelgewitter, das über seinen Kopf von der Empore herabbrauste, seinen Anfang. Was danach folgen würde, kannte er ja schon aus den letzten Jahren.

Als Sozialarbeiter hatte ihn schon immer die Geschichte von der erfolglosen Herbergssuche des heiligen Paares besonders angerührt. Übrigens eine Unverschämtheit des Wirtes, die Schwangere in den Stall zu schicken. Damit war diesem Gott ja ein dürftiger Ort für sein In-die-Welt-kommen ausgesucht. Gewiss hatte auch das Jesuskind erbärmlich gefroren. Rudolf Ignatius hatte diese Reste seines Kinderglaubens gerne in das Erwachsensein herübergerettet. Er hatte allerdings nicht genug Zeit für weitere Ergänzungen aufgebracht.

Seine Blicke schweiften durch das Kirchengebäude. Er fühlte sich müde. Die letzten Tage waren doch recht anstrengend gewesen, und nun hatte er mit der Schwere seiner Augenlider zu kämpfen.

Auf der Wand des Seitenschiffs links verweilten seine Augen. Dort konnte er einen gemalten Fries erkennen. Eine Weihnachtsszene, ja, unverkennbar. Ochs und Esel, na, die durften nicht fehlen. Es hatte wahrscheinlich auch nicht allzu gut gerochen in diesem Stall. Und dann das Gedrängel um die Krippe herum. Er war wirklich müde. Mit den Augen blinzelnd sah er drei Gestalten in dicken Mänteln dastehen, na also, es war kalt gewesen. Wahrscheinlich die Hirten. Ein wenig schäbig sahen sie ja aus, er kannte dieses Erscheinungsbild von seinen wohnungslosen Klienten, die sich auf der Straße und unter Brücken durchzuschlagen versuchten. Dann Maria und Josef, na, die Könige wie üblich, mit Geschenken beladen, dummes Zeug eigentlich, Weihrauch mitzubringen, ein kräftiger Kalbsbraten für die junge Mutter wäre gewiss nützlicher gewesen. Und oben natürlich ein paar Engel, einer davon mit großen Flügeln sah aus wie eine ältere Dame, wie eine weiche Wolke, die sich warm auf das Geschehen herabsenkte, hatte er recht gesehen? Die Entfernung war wohl einfach zu groß, da konnte man sich täuschen. Er kniff die Augen zusammen.

Inzwischen war die Predigt in vollem Gange, aber er hatte Mühe, zuzuhören. Überhaupt fiel es ihm schwer, die Augen offenzuhalten. Er starrte auf das Kruzifix über dem Altar. Es war ein großes hölzernes Kreuz mit dem Gekreuzigten, der aber nicht, wie er es sonst aus Kirchen gewohnt war, gequält hängend, schmerzerfüllt den Kopf geneigt hielt. Die Figur weckte eher den Eindruck eines Lebendigen, der sich nicht unterkriegen lässt. Irgendwo hatte Rudolf Ignatius einmal gehört, dass es Karfreitags- und Osterkreuze gäbe, wobei in letzteren bereits die Auferstehung zu erahnen sei. Dies musste ein solches sein, denn Traurigkeit war nicht darin. Eher Mut und Kraft.

Schwerlidrig betrachtete er die Gestalt und plötzlich schien es ihm, als stehe dieser Jesus vor ihm, breite die Arme weit aus, wie einer, der einlädt und sich über den Gast freut.

Ganz so, wie er es sich anfangs erträumt hatte. War es eine Täuschung seines Müdeseins oder hörte er die Worte: „Kommt her zu mir alle, die ihr friert, ich will euch wärmen!" Natürlich, das musste der Pfarrer zitiert haben, denn gerade war die Predigt zu Ende gegangen.

Wieder setzte die Orgel zum Gewitter an, voll und wohltönend. „Dies ist die Nacht, da mir erschienen des großen Gottes Freundlichkeit …", hörte Rudolf Ignatius, und diesmal schien die Gemeinde sich mitzufreuen, denn er hatte keine Schwierigkeiten, den Text zu verstehen.

Wo war eigentlich sein Gesangbuch? Jetzt war er wieder hellwach. Obwohl er keinen kannte und ziemlich weit hinten saß, hatte sich angesprochen gefühlt. Dieser Gott schien einer zu sein, der das Elend nicht ignorierte und es trotzdem darauf anlegte, Freude zu verbreiten.

Überhaupt, wie wäre es, wenn er heute nicht allein äße, sondern jemanden dazu einladen würde? Für einen Anruf bei seinen Kollegen war es jetzt zu spät. Aber einen von den Vereinzelten, die da in den Bänken vor ihm saßen und genauso allein ohne Anschluss zu sein schienen wie er? Das wäre eine Alternative zu einem Heiligabend allein zu Hause und frühem Verschwinden im Bett.

Nachdem die letzten Töne von Lied, Segen und guten Wünschen verebbt waren und ein glöckchenklingelleichtes Orgelnachspiel erklang, fasste er sich ein Herz und sprach beim Herausgehen den jungen Mann vor sich an. Er war erstaunt zu hören, dass dieser sich zwar auch ein wenig beziehungslos fühlte in der großen Kirche, aber vorhatte, wenigstens nachher in einer der wenigen heute offenen Eckkneipen etwas essen zu gehen. Dazu wurde Rudolf Ignatius jetzt eingeladen. Als er später mit Ben zusammen beim Türken am Bahnhof beim Dönerteller saß, dachte er bei sich, dass es schon erstaunlich sei, was ihm da widerfuhr. Nur ein paar Tage zuvor hätte er sich lieber im Bett vergraben, als die Fülle der Weihnachtsfeiern über sich ergehen zu lassen. Auch hätte er diesem Tag, vom ersten Eindruck her beschen, keinen solch gelungenen Abend zugetraut. „Es muss etwas mit dem Hemd zu tun haben, dass es mir wieder so gut geht", dachte er sich. Seit er dieses Geschenk erhalten hatte, schien sein Leben sich verändert zu haben. Seit er es trug, hatte seine Einsiedelei ein Ende.

Ein wenig verwundert war er dann aber doch, als er spät abends zufrieden sein Badezimmer betrat, um sich die Zähne zu putzen. Da lag die vermeintliche Ursache der Veränderungen ordentlich zusammengefaltet auf seinem Wäschekorb. Hatte er das Hemd heute Morgen nicht übergestreift?

Doch da lag es, cremeweiß und weichwollig, leise nach Lavendel duftend und genau seine Größe – eines der erstaunlichsten Weihnachtsgeschenke, die er je erhalten hatte: das Hemd.

Der Schlüssel

Er klappte den Kragen der verschlissenen Jacke hoch und zog die Schultern zusammen. Ein eisiger Wind zauste sein schütteres, einst dunkelblondes Haar, das jetzt von dichten, grauen Strähnen durchzogen war. Wohin, dachte er angestrengt gegen den Wirrwarr in seinen Gedanken an, das Getöse der ein- und ausfahrenden Züge, das Geplapper der Reisenden in den Ohren, wohin würde er heute Abend, morgen gehen? Die Weihnachtszeit verursachte ihm ebensolche Bauchschmerzen wie der Anblick des herzhaft sich umarmenden Paares neben der Auskunftstafel und der ständige Mangel an etwas zu essen. Noch hatte das Tier nicht alle Sehnsucht nach Licht und Wärme verschlingen können.

Da, jetzt, nach der wievielten Umarmungsvariante, schienen sie sich in Bewegung setzen zu wollen. Feiner älterer Herr mit jugendlicher Lady, vermutlich seine Sekretärin. Oder was auch immer. Er trat aus dem Schatten der großen Eisengitterstützen des Daches heraus, setzte ein paar unsichere Schritte in Richtung der Spur, in der sie vom Bahnsteig dem Ausgang zustreben mussten, versuchte erfolglos das Dröhnen aus seinem Kopf zu schütteln. Ja, sie kamen auf ihn zu, doch ohne ihn zu sehen, tief waren sie ineinander eingetaucht. Sogar noch in seine zerstörte Denkmaschinerie hinein drang ein Schimmer der Funken, die dort von Antlitz zu Antlitz sprangen. Nein, zu fremd, zu weit weg war ihre Welt von der seinen oder war dies vielleicht doch ein Vorteil?

„'Tschuldigung, Sie, bitte ...", er hatte es gewagt, war in den Bannkreis eingedrungen und wirklich, Erschütterung malte sich in ihren Gesichtern, über den Jüngeren, der so zerstört, verwildert und vom Straßenleben geschunden vor ihnen stand. „Vielleicht einen Euro, kann auch mehr sein, fürs Weihnachtsessen?" Er stammelte gegen die klebrigen Fäden, die sein Gedächtnis umstrickt hielten, gegen das lauter werdende Knurren des Tieres an. War es Heiligabend heute oder schon erster Weihnachtstag oder ...? Die junge Frau griff nach ihrer Geldbörse, nicht einen, nicht fünf, nein, zehn Euro holte sie heraus, nach denen er gierig und ungeschickt griff, um zitternd sogleich den Schein zu verbergen, und schon waren sie seinem Gesichtsfeld entglitten, waren herausgefallen aus seinem Erdkreis, nur noch der Geldschein, den er sicher verbergen musste, galt. Ihre Betroffenheit wich nur langsam, und kopfschüttelnd, in einem Rhythmus aus Mitleid und Entsetzen, folgten sie der ihnen vorgezeichneten Spur, und bald schon hatten sie ihn zurückgelassen in seiner Einsamkeit mit dem Tier, das er in sich großgezogen hatte, das nun mehr und mehr Stoff verlangte und sein Leben zerfraß.

Sie strich mit einer behutsamen Handbewegung die gestärkte Tischdecke glatt, brachte damit auch ein paar letzte Plätzchenkrümel in Richtung der kleinen Messingkehrschaufel und legte diese nach getaner Instandsetzung des Weihnachtstisches zusammen mit dem feinen Tischbürstchen beiseite. Die Tochter und der Schwiegersohn bereiteten eben ihren Aufbruch vor, packten ihre Zahnbürsten ein, falteten die Festtagskleider, um sie im Abreisegepäck zu verstauen und machten den neuen Toaster mit integriertem Grill transportbereit. Den Heiligabend hatte sie bei der Mutter verbracht, ein kerzenschimmerndes, wohliges Fest mit feierlichen Mahlzeiten und anregenden Gesprächen. Doch die Kinder wohnten in einer anderen Stadt, und es gab auch noch die zu besuchenden Schwiegereltern, so musste man bald Abschied nehmen. Sie ging in die Küche, in der sie die letzten selbst gebackenen Plätzchen in eine Dose füllen wollte, um sie, gleichsam als süße Erinnerung, den beiden mitzugeben. Knusprig weiße Mandelmakronen, Schokoladenbutterkringel in den Formen der Anfangsbuchstaben ihrer Namen, zuckerglasierte Lebkuchen ruhten noch in der blauen Glasschale. Ja, in gewisser Weise war dies ein großer Augenblick, nicht etwa wegen der Abfüllung des Gebäcks, sondern wegen eines Planes, der jetzt zur Ausführung kommen sollte. Schon seit etlichen Jahren hatte sie immer wieder überlegt, auf welche originelle Art sie den Kindern die Verantwortung für das Ferienhäuschen übertragen dürfte, das sowieso schon deren häufiges Ziel war: Dann und wann verbrachten sie eine Woche auf den Höhen des Schwarzwaldes, am hellen Südhang, im sonnigen Vorderstübchen. Es war für alle Familienangehörigen stets gleichbedeutend mit dem „Platz an der Sonne" gewesen. In diesem Jahr nun war ihr die Idee gekommen, die Weihnachtstage zum Anlass zu nehmen. Ein schlüsselgroßer Lederbeutel hatte sich gefunden, und da hinein hatte sie, auf Goldglanzpapier gedruckt, die Adresse des Ferienhauses zusammen mit dem Hauptschlüssel versenkt. Diesen Lederbeutel verbarg sie nun, nachdem sie eine Bodenschicht aus Makronen in die bunt bemalte Dose gefüllt hatte, gerade in der Mitte des Gefäßes, um es dann ganz mit Gebäck aufzufüllen. Das würde eine Überraschung geben, wenn die Kinder in ihrer Wohnung einen ruhigen Abend verbrächten, in Erinnerung des weihnachtlichen Miteinanders den einen oder anderen Keks verzehren und schließlich auf diesen Fund stoßen würden! Sie schloss die Dose, ja, der Deckel saß fest und würde nicht abspringen, sie ging hinaus, um mit einem Augenzwinkern den Kindern dieses weitere Gepäckstück zu überreichen.

Gott will im Dunkel wohnen
und hat es doch erhellt.
Als wollte er belohnen,
so richtet er die Welt.

Jochen Klepper

Er lehnte zusammen gekrümmt an einem Mast und versuchte, das Zittern, das seinen ganzen Körper zu schütteln begann, zu unterdrücken. Das wütende Fauchen des Tieres in seinen Gliedern ließ sich nicht mehr überhören. Der Zehn-Euro-Schein würde nicht ausreichen, es müsste mehr sein, mehr Geld, der Stoff war teuer und die Verteiler nicht gewillt, ihm ein Sonderangebot zu gewähren. Er zappelte an ihrer Angel – so schnell würde er davon auch nicht loskommen. Allerdings, in einer noch nicht zu weit entfernten Falte seines Bewusstseins wusste er, dass das Tier von seiner Fürsorge abhängig war. Noch bestand die Möglichkeit, es auszuhungern. Das würde einen grausamen Kampf geben, ein schmerzhaftes Aufbäumen seines Körpers, aber noch, so glaubte er, war das Tier besiegbar. Er wusste ebenso nebulös wie deutlich, dass er seinen Körper nicht viel mehr schwächen dürfte, sonst würde die Chance, das Tier auszuhungern, verschwindend klein. Manchmal meinte er, den aufgesperrten Rachen in seinem Genick überdeutlich zu spüren, der seinen Tod bedeuten konnte, aber dieses Wissen versandete in der drängenden Gier, nur dieses eine Mal noch, nur noch einmal – wie oft hatte er das schon gedacht – nur noch einmal das Tier zu beruhigen und in den Schauern, die ihn schüttelten, schien ihm nichts so ersehnt wie die Stillung des Sturms. Er hob mühsam den Kopf, hob die Augen von der staubig dunklen Betonfläche des Bodens und starrte in die immer noch vorüberrauschende Menschenmenge. Woher strömten sie noch immer, wie aus unsichtbar aufgestellten Automaten ausgespuckt, an Fäden nach hier und dort gezogen, immer weiter, ohne Ende.

Da sah er in ein fernes Gesicht, in dem er etwas entdeckte, das ihm lange nicht begegnet war. Es war ein Frauengesicht, kein klassisch schönes – wie gleichgültig ihm geworden war, was man Schönheit nannte –, aber eines, das noch nicht gealtert war durch Resignation oder Bitterkeit. Er entdeckte einen Schimmer von Besorgnis in diesem Gesicht, einen Klang von etwas, das weit zurück lag, aber noch mit Gutem verbunden war, das Öffnung und nicht Abweisung versprach. Jetzt kamen sie näher, trugen schwer an Tüten und Taschen. Er machte einen verzweifelten Anlauf und torkelte ihnen entgegen. Eine Spur von Festigkeit hatte er seiner Stimme geben wollen, aber was schließlich dabei herauskam, klang wie ein Gewinsel. Das verdammte Tier, es brüllte ihm lauter und lauter in den Ohren. Sie blieben stehen, aha, einen Toaster trugen sie mit sich, da hing noch ein Schleifchen an der Seite heraus, sein Denken verknotete sich im Geschrei des Tiers, aber er musste sich konzentrieren. Sie sah fragend zu ihrem Mann hinüber, hoffentlich funkte der Kerl nicht dazwischen, die Wärmewelle lief so schön, wenn sie jetzt noch ihren Geldbeutel ... nein, auch er hatte diesen Blick, diesen Funken Wärme, und jetzt, jetzt ging es an die Hauptsache, gut, gut ... dieser Schein zusammen mit dem Zehner von vorhin würde das Tier für eine kleine Weile bei Laune halten, aber was kramte sie jetzt noch, nachdem sie, er hatte das am Rande wahrgenommen, dazu hatte Anlauf nehmen müssen, sie kramte eine bunt bemalte Dose aus der Tasche und sagte etwas von wegen „selbst gebacken" und „mit Liebe", was war das doch gleich, Liebe, Plätzchen, er versuchte, eine Verbindung herzustellen, wann hatte er das letzte Mal Hunger gehabt, aber er nahm auch noch die Dose, etwas zu essen umsonst, das konnte nicht schaden. Er brachte kaum ein „Danke" zustande, verschwand in seiner tierdurchbrüllten Welt und war sogleich auf der Suche nach dem Verteiler, schon längst waren sie aus seinem Gesichtsfeld verschwunden. „Es ist kaum mit anzusehen", sagte sie und nahm ihr Gepäck wieder auf, „... ich mag ihre Plätzchen so gern, ob sie für ihn etwas bedeuten werden? Ob er sie überhaupt essen kann, er sah krank aus, so ausgezehrt ..."

„Besser als gar nichts", sagte er und sie gingen zum Bahnsteig hinüber, eine Spur langsamer als vorhin, weil noch Fragen an ihnen zogen, in seine Richtung zogen, und sie wollten diesem Zug widerstehen und den Fragen, die sie aus seiner Richtung anschrien, die aber doch im Durcheinander der Menschenmenge, in der er untergetaucht war, verebbten.

Endlich, das Tier war beruhigt, hatte sich knurrend zusammengerollt, und auch er lag zusammengekrümmt in der Ecke des leeren Güterwaggons, dort war Stille, auch seine Konkurrenten kannten diesen Platz noch nicht, und es war Zeit, es war Abend, sein Kopf hing wie in Watte gehüllt. Er lag und schwappte eine lange Zeit im Nichts hin und her und langsam, langsam wurde ihm klarer zumute, und er dachte wieder daran, es bald in Angriff zu nehmen, das Tier auszuhungern, bald.

Er würde etwas essen müssen. Das würde er. Die Dose. Hatte die Frau nicht etwas von Weihnachtsplätzchen gesagt und dass sie selbst gebacken seien, und mit Liebe? Er kicherte, und es klang rau und kratzig, aber hier war er und da war die Dose, stand vor ihm, barg etwas zu essen. Nur noch wenig zitterten seine klammen Finger, als er den Deckel hob.

Ohne Zweifel, Valerie war die Schönere. Allerdings auch die Verwöhntere. Aber diejenige mit der erotischeren Ausstrahlung. Ohne Zweifel, Valerie .... das klang, wie sie aussah: weich, blond, runde Formen ... appetitanregend. Dass Elena solch ein Theater hatte machen müssen, und das in der Vorweihnachtszeit, dachte er, Elena, seine zweite Frau.

Er stolperte. Eine Wurzel. Dass sie die Wege hier oben nicht sauber hielten ... Zumindest war Elena mit dem Mittelklassewagen als Zweitwagen zufrieden. Er sah nicht ein, warum es eine weitere Limousine sein sollte. Aber so ein Theater zu machen wegen Valerie. Nun ja, sie war zwanzig Jahre jünger als er. Was soll's ... Er schritt kräftig aus. Der Pfad bergauf war deutlich schmaler geworden. Wollte er überhaupt so hoch hinauf? Zum ersten Mal seit drei Stunden blieb er stehen und musterte seine Umgebung. Eine karge Berglandschaft, fürwahr. Geröll hauptsächlich. Hier und da ein paar lumpige Grasbüschel. Den zerzausten Kiefernsaum hatte er hinter sich gelassen, er war wohl schon oberhalb der Baumgrenze angelangt. Wie spät war es eigentlich? Oh, schon 16.30 Uhr, in einer Stunde würde es dunkel werden. Er wählte flüchtig zwischen verschiedenen Ausblicken und entschloss sich dann, den relativ sanft abfallenden Grashang hinunterzugehen, in der Richtung, wo er das Hotel vermutete.

Nur einige wenige Schneeflecken lagen hier, typisch für das deutsche Vorweihnachtswetter, wieder mal kein Schnee. Zu warm.

Elena sollte sich nicht so anstellen. Das ganze Mittagessen hatte sie ihm verdorben mit ihrem Gekeife. Er hatte Lachsröllchen an Weinschaumsoße und Trüffelsorbet liegen lassen und energisch das Weite gesucht. Raus aus dem ganzen Glitzerkugel- und Lamettaflirren, zugegeben, die violetten Kugeln hatten was Schönes. Waren aber wahrscheinlich auch nur das Sonderangebot einer Discounterkette.

Sie sollte sehen, dass er sich nicht alles gefallen ließ. Und vielleicht bekam sie ja schon Sehnsucht nach ihm? Schließlich wusste sie nicht, wo er sich gerade aufhielt. Aber sie hatte mitbekommen, dass er in die Berge gegangen war.

Vielleicht sorgte sie sich ja schon?

Er dachte genüsslich an ihren Gesichtsausdruck, wenn der Junge krank gewesen war; er genoss die Vorstellung, dass diese Mischung aus Liebe und Fürsorge auch ihm zuteilwerden könnte. Schließlich hatte er keine Bergerfahrung. Trug lediglich Tennisschuhe. Kannte den Weg nur ungenau. Und bald würde es dunkeln. Das konnte gefährlich werden.

Er erstarrte. Es war, als sei ihm ein Vorhang geöffnet worden. Mit einem Mal wurde ihm seine Lage bewusst, nachdem die Knäuelungen aus Selbstgefälligkeit und verletztem Männerstolz zur Seite geschoben waren. Er hatte sich drei Stunden, in Gedanken verstrickt, wie ein Blinder in eine Landschaft hineingeschoben, die ihm fremd war, ohne Mittagsessen im Magen. War er noch zu retten? Angst krallte kalt nach ihm. Unwillkürlich zog er den Kopf ein, blickte verstört um sich. Die Dämmerung leckte schon am Horizont. Norden, Süden ... es dauerte eine Weile, bis er sich orientiert hatte, nichts als Geröll, Felszacken, gebeugtes Gestrüpp, hier und da ein paar Schneeflecken. Aber dort drüben ging es auf einer steilen Wiese weiter bergab, vielleicht würde er auf eine Alm treffen? Irgend so ein Bauerntölpel hätte vielleicht ein Auto da, und er verfügte über das nötige Kleingeld ... doch halt, hatte er überhaupt Geld mitgenommen? Natürlich nicht! Wut wallte in ihm auf, übertönte das Magenknurren. Er hastete mit großen Schritte den Berg hinunter.

Während sich die Dunkelheit schwarzdicht über das Land legte, kam er, nun unterhalb der Baumgrenze, nur langsam voran. Zweige peitschten ihm ins Gesicht, Weg war keiner, aber die Richtung schien zu stimmen. Zweifel zitterten ihm in den Knien. Angst. Seine Sicherheiten verblassten.

Maria durch ein Dornwald ging.
Der hat in sieben Jahrn kein Laub getragen.
Was trug Maria unter ihrem Herzen?
Ein kleines Kindlein ohne Schmerzen,
das trug Maria unter ihrem Herzen.
Da haben die Dornen Rosen getragen.
Als das Kindlein durch den Wald getragen,
da haben die Dornen Rosen getragen.

Überliefert

Dann endlich, Ewigkeiten später, die Hütte, vereinzelt noch oberhalb des Tals, ein Fenster erleuchtet.

Und sie. Die Graue, in undefinierbarem Alter, vielleicht noch jünger, doch silberhaarig, öffnete die Tür. Sie lachte nicht, als sie in sah. Er spürte, dass sie ihn wahrnahm.

Sein Zittern, seine Erschöpfung, seine Erleichterung. Aber auch seinen Hochmut. Er spürte ihn, genicklastig. Wenn auch verschrammt und schmutzig, so war er doch nobel gekleidet. Im Gegensatz zu ihr. Gewohnte Wortfetzen, verächtlich, anspruchsvoll, streiften sein Denken, aber er empfand so große Erleichterung, dass sein übliches Wertesystem nicht recht zum Zuge kam. Er fühlte so etwas wie Dankbarkeit. Und er war hungrig. Sie ließ ihn ein, und er nahm die ärmlich Stube zur Kenntnis, den leichten Knoblauchgeruch, den klapprigen Webstuhl am Fenster, das Kruzifix über der Eckbank.

Jetzt erinnerte er sich an das nicht angerührte Mittagessen. Die Graue ließ ihn sitzen und verließ den Raum. Hoffentlich holte sie etwas zu essen, dachte er.

Die stille Wärme in dem kleinen, bis auf einen wackelig und schief gebastelten Kinderstern am Fenster völlig ungeschmückten Zimmer ließ seine Lebensgeister neu erwachen, und er dachte an die „Bauernspezialitäten", die üblicherweise im Hotel

das üppige Frühstücksbüffet zierten. Ein defti-
ger Bergkäse oder ein paar Spiegeleier mit zartem
Bauchspeck wären jetzt angebracht. Aber da kam
die Frau schon wieder herein, stellte einen Krug
Wasser, einen Becher und ein raues Brot vor ihn
auf den Tisch. Dass sie noch einmal ginge und
Weiteres holte, erwartete er vergeblich. Sie setzte sich zu ihm und sah ihn schweigend an. Das
war's wohl, dachte er enttäuscht. Die graue Maus
hat sonst nichts. Aber er war sehr hungrig. Und er
stellte fest, dass das klare, süße Wasser ihm wohl
tat. Und dass ihm lange nichts so gut geschmeckt
hatte wie das raue Brot. Auch ohne Butter.

Und weil sie immer noch schwieg, weil die
dämmrige Stille ihn wohlig umfing, weil nichts
seine Lust kitzelte und nichts ihn überfüllte, fand
er in Winkeln seiner Selbst lange eingestaubte
Reste von Achtung und Respekt. Die Welt, in die
er hier geraten war, glich in keinem Aspekt seiner
gewohnten Umgebung und tat ihm dennoch unge-
wohnt wohl. Zögernd kam ihm etwas in den Sinn,
das lange verschüttet gelegen hatte. War es nicht,
vor zwanzig Ehejahren, auch Elenas Gabe gewesen, aus wenigem Schätze zu heben, die in ihm die
Liebe genährt hatten? Und wie ein Blitz kam ihm
die Erkenntnis, dass er fast ein Stück Gold gegen
ein Flittergestäub eingetauscht hätte. Valerie war
schön. Ohne Zweifel. Aber auch nicht mehr als
das.

Er war noch längst nicht am Ende der Entfaltungen angelangt, die in seinem Herzen begonnen hatten, als er der Grauen die Hand zum Abschied reichte.

Er wusste nun, das der schmale Asphaltweg unterhalb des Hauses ihn ins Tal zur Hauptstraße führen würde. Und wohin er dann zu gehen hatte.

Und er ahnte nun deutlicher als zuvor, wo sein Zuhause lag. Und dass es jetzt Weihnachten werden konnte. Vielleicht anders als sonst.

Ein Gedichtband, blau eingebunden, ein Notiz-
buch, zwei Zeitschriften und der Überrest eines Li-
noldruckes, seitlich abgerissen, bildeten das erste
große Hindernis zur Linken. Von der vernarbten
Ebene der Kiefernholztischplatte her kommend,
bildete diese Ansammlung gedruckter geistiger
Prozesse eine echte Herausforderung.

Der Käfer, der flinkbeinig bis zu den Ausläufern
eines Essays auf gelbem Papier gelangt war, stutz-
te. Das vor ihm liegende, unregelmäßige Treppen-
gebilde musste aus mehreren Perspektiven bese-
hen werden. Klein und schwarzkugelig huschte er
im vorherigen Tempo am Rande des gelb sich auf-
blätternden Hindernisses entlang.

Arev stellte die Teetasse mit einem zimtduftenden
Apfeltee versonnen auf die transparente Schreib-
unterlage und strich sich eine dunkle Haarsträhne
aus der Stirn. Es war still im Arbeitszimmer. Ruhig
standen die vielen Farb- und Bleistifte in ihren Glä-
sern, ein Spitzer lehnte sich an eine Tube mit Deck-
weiß, die ihrerseits an einen Zirkelkasten grenzte.
Zwischen ein paar braunsandigen Muscheln
schlief ein blauweißer Radiergummi und träumte
von einer südlichen Zeichnung.

Es herrschte ein Stille von der Art, wie Arev sie
am meisten liebte, sozusagen eine blau-goldene

Stille. Blau für die Klarheit des Dezemberwetters vor seinem Fenster, Blau für die Tiefe seiner Ruhe, für die Weite des Raumes – Blau, um ganz da zu sein, um wahr-zu-nehmen. Blau für die Leichtigkeit der Gedanken, Gold für die Erinnerung an das Land, in dem er geboren war. Gold wie der Sand am Mittag, Blau für die Mitte der Nacht. Blau und Gold für eine Höhlung aus Wohlbefinden und Zufriedenheit, ein Gespinst aus Jetzt und Hier.

Und Gold für den Schimmer, der seit gestern über dem Garten lag, wenn am Morgen Eiskristalle glitzerten und abends eine blasse Wintersonne hinein schien. Das Braun von Gras und Bäumen hatte sich verändert, jetzt, da nach einer langen Folge grauer Regentage die Sonne wieder da war. Vielleicht ein Weihnachtsgeheimnis? Ob der Heiligabend weiß sein würde? Goldweiß? Blauweiß? Ein Geheimnis von Licht in der Dunkelheit, von Sternen in einer langen Nacht? Golden, dieses Geheimnis. Und blau die Wölbung, in der es ruhte, in der kurzen Zeit zwischen Tag und Nacht.

Der Käfer hatte sich inzwischen dafür entschieden, geradlinig und nicht auf Umgehungsstraßen das Hindernis zu überqueren. Für ganz kurze Zeit gekippt, auf zwei winzigen Hinterbeinen stehend, erklomm er die erste gelbe Seite am unbeschriebenen Rand, huschte leichtfüßig über die Worte „bis" und „Gerechtigkeit" hinweg, um sodann vor dem Rücken des zweiten Heftes kurz zu zögern, dann aber auch diesen in halber Rundung zu besteigen.

„Müßiggang ist aller Laster Anfang", hatte Arev die Huberin heute Morgen laut vernehmlich aus der Tiefe ihres vorweihnachtlichen Kellertreppenputzversuchs sagen hören, aus der Enge des unteren Wohnbereichs hervor, als er vom Briefkasten zurückgekehrt war. Er hatte undeutlich eine kleine, graue Bewegung wahrgenommen, ganz unten, links, wo es plätscherte, weil jemand einen nassen Putzlumpen auswrang.

„Kann ich behilflich sein?", fragte er nach unten, weil er die Klagen über den altersbedingten Kräfteschwund der Zweiundsiebzigjährigen noch im Ohr trug. Er wurde tatsächlich sofort zum Gardinenabnehmen angestellt, da er besser an die oberste Stange heraufreichte, während die Huberin ihm aus zusammengekniffenen Augen dabei zusah. „Die Hausarbeit liegt ihnen nicht, gell?" hatte sie gesagt, als er ihr, nach vorsichtiger Entfernung einer Florfliege aus dem Faltengewirr, das zusammengelegte Gardinenpaket überreichte.

Arev strich mit dem kleinen Finger sacht über die Narben der Tischplatte, erspürte ein kleines Astloch und sah dem Käfer dabei zu, wie er den senkrechten Steilhang des roten Notizbuchrückens ohne Schwierigkeiten erklomm. Er dachte an die zwei Teetassen in der Küche und den Teller mit Besteck, die dort ebenfalls auf der Spüle ruhten. Eine Teetasse hatte er von Samstag bis Dienstag benutzt, die zweite von Mittwoch bis Freitag und heute rundete sich die Zeit; die Tasse, aus der er eben trank, war eine frische und am Heiligabend, in zwei Tagen, würde er das besondere Geschirr nutzen, das alte, weiße mit winzigen goldenen Rand-Dreiecken, das einst seiner Urgroßmutter gedient hatte.

Woran sie das festmache, hatte Arev die Huberin gefragt, dass ihm die Hausarbeit nicht liege, und die Huberin hatte den Kopf gewiegt, die vielen hundert Fältchen in ihrem Gesicht in eine neue Ordnung gebracht, dabei war ihr ein Löckchen aus dem schlohweißen Haarschopf gerutscht, bevor sie sagte: „Ja, junger Mann, ich will mal sagen .... man sieht das an den Bewegungen und so ...." An den Bewegungen und so .... Arev hatte diese Begründung mit in seine Wohnung genommen und, am Schreibtisch sitzend, ein wenig daran entlang gedacht. Seit er um die Grenzen von Leben und Licht wusste, hatte er beschlossen, die Lebenszeit, die ihm blieb, wahr-zu-nehmen. Das Gottesgeschenk jeden Tag – sehend, fühlend und lebendig – ehrfürchtig und mit offenen Händen in Empfang zu nehmen.

Der darin verborgenen Einladung nachzukommen, den weiten Raum Seiner, Gottes Gegenwart zu entdecken. Nicht, dass es ein Leichtes war oder den Tempovorschriften entsprach, die ihn umgaben. Es kostete vielmehr die Mühe des Innehaltens, des Stillstehens inmitten einer Welt der Eiligen. Auch suchte er nicht in erster Linie ein „ästhetisches Vergnügen", das war, leid-, schmerz- und tränenerfahren, auch gar nicht möglich. Aber übersehen wollte er das kleine Wunderbare nicht – zwischen all den großen, wohlbekannten und nicht erahnbaren Schrecklichkeiten.

Er war voller Verständnis für die Huberin in dieser Hinsicht. Da sie mit ganz anderem Anlauf die Dinge anging, musste ihr seine Arbeitsweise verdächtig scheinen. Begann sie, sein Fenster mit dem Lappen zu bearbeiten, was immerhin zweiwöchentlich geschah, so musste Arev unwillkürlich an Geschehnisse auf Dorfplätzen in seinem Land denken, an die Kräfte, die zum Schlachten eines Schweines mobilisiert wurde, das Hand-in-Hand-arbeiten großer, dicker Bartträger, das Spritzen von Blut und Rinnen von Schweißströmen ... Wie kam er nur darauf, angesichts dieser kleinen energischen Frau, die mit Verbissenheit eine Fensterscheibe bearbeitete?

Ja, sie waren sich noch fremd, auch nach diesem Jahr des Miteinanderwohnens. Arev wusste, dass es die Gewichtung der Dinge war, die sie unterschied, die Verteilung der Schwerpunkte im Leben, und nicht eine hier größere und dort geringere Wertigkeit.

Gewiss, manchmal hatte er zwischen den Zeilen der geschäftigen Huberin erlauscht, dass sie ihn für einen verträumten Langweiler hielt, schwerfällig, langsam und stets bereit, seine Zeit zu vertrödeln. Arev hatte sich erfolgreich dagegen gewehrt, im Umkehrschluss dazu die Huberin als ein putzwütiges, geschwätziges Weib zu sehen. Er wusste, beides war nicht die ganze Wahrheit. Derlei Vergleichen war ein oberflächliches Geschäft. Man konnte nicht Bananen gegen Schnürsenkel aufwiegen, indem man nur über Aroma und Nährwert nachdachte. Die Huberin war eine Meisterin in ihrem Fach, sie brachte sichtbare Dinge wie Fensterscheiben und Tafelsilber zum Glänzen, und darin stand Arev ihr bei weitem nach.

Der Käfer hatte inzwischen das Plateau des Papierstapels erreicht, er stand nun still, am mittelrechten Linoldruckrand, gerade da, wo die eine Hand an die andere grenzte, die beiden Hände, die sich da, braunölig vor Jahren gedruckt, fast und doch nicht berührten. Arev sah, wie nur die winzigen Fühler sich bewegten. Ein Käfer auf einem Linoldruck, ein schwarzer Punkt nur auf einem braun-

Nehmt weg das Stroh, nehmt weg das Heu,
ich will mir Blumen holen,
dass meines Heilands Lager sei
auf lieblichen Violen;
mit Rosen, Nelken, Rosmarin
aus schönen Gärten will ich ihn
von oben her bestreuen.

Paul Gerhardt

stumpfen, in Rottönen lasierten Papierstreifen. Einzige Erhebung auf der sonst rau strukturierten, aber planen Oberfläche.

Arev sah dem Käfer beim Ruhen zu. Die Huberin hätte vermutlich eingewandt, dass es da doch nichts zu sehen gebe. Arev dachte nicht so. Er war Geheimnissen auf der Spur, wenn er, alle Sinne geschärft und hellwach, etwas kleines Stilles betrachtete.

Nicht zufällig zählte das Märchen von der Prinzessin auf der Erbse zu seinen Lieblingsgeschichten. Eine begabte junge Frau war sie gewesen, dachte er immer wieder bewundernd.

Sicher konnte sie auf die Ruhe vor dem Sturm hören und das Seufzen des Krugs, bevor er brach. Die alttestamentarischen Propheten, Wanderer entlang der Abgründe und zugleich ungeliebte Warner, waren sie nicht allesamt große Lauscher der stillen Wahrheit eines großen Gottes gewesen? Hätten sie die Geburt des Kindes voraussagen können, wenn sie den Tag in You-Tube-Kanälen und bei Facebook totgeschlagen hätten? Arev lächelte wehmütig. Die Huberin ahnte vermutlich noch nicht, was es alles zu entdecken gab. Kaum fand sich die Zeit, auch nur einen Bruchteil dessen wahrzunehmen, was wirklich geschah. Nicht, dass er es für möglich hielt, jemals dazu fähig zu sein. Aber ein wenig über den Holzschnittcharakter des Üblichen wollte er schon hinaus kommen.

Arev hatte die Vorhänge nach getaner Fensterklärung wieder aufgehängt, und nun schien auch die Huberin mit ihrem vormitttäglichen Werk zufrieden zu sein. Gemeinsam stiegen sie die drei Stufen hinauf, die zunächst zu Arev und in die Stille seiner Wohnung führten – die Huberin hauste ein Stock höher.

Bevor er die Wohnungstür öffnete, wandte er sich noch einmal der alten, weißhaarigen Frau zu und entdeckte, was er schon erwartet hatte, in ihren Augen: ein leises Öffnen, eine kleine Zuwendung ihrerseits, und dann erzählte die Huberin.

Arev betrachtete das begleitende Faltenspiel auf dem angestrengten, müden Gesicht seiner Wirtin, während sie ihm erzählte, nein, nicht erzählte, vielmehr in Worten aneinanderreihte, was ihr zugestoßen, widerfahren sei, was sie erschüttert hatte. Denn so klang es da, bitter und schrecklich wie in den großen Lettern der knallbunten Zeitung, die zu den Hauptnahrungsmitteln der Huberin zählte, denn sie würde an Weihnachten ohne Besuch ihrer Kinder bleiben. Und auch die Schwester in Österreich hatte ein krankes Bein und konnte nicht kommen.

Und von den Tagesereignissen sprach sie, den gelesenen und den mit eigenen Ohren aus anderer Leute Mund vernommenen: Gott und die Welt, die städtischen Wasserwerke, dieser und jener Politiker und Prominente und die heute Jugend begegneten sich da. Ein kleiner Kosmos tat sich auf, regiert von einem Holzschnittgott, nicht schwarz, aber weiß; und ebensolche Geschöpfe, aber schwarz und weiß, bevölkerten die Welt ihrer Erzählung. Die Weltfarben der Huberin schienen vornehmlich Trauer zu tragen, wo blieben die Zwischentöne und die festlichen Momente, die es zweifellos auch gab, Arev wusste es, vor allem die blau-goldenen ...?

Er sah den schmalen Lippen zu, den Veränderungen der tiefen Kerbe zwischen den Augen während des Sprechens, er sah eine kränklich blasse Sonne auf und wieder untergehen und bedrohliche Wolkengebirge vorüberziehen. Dann herrschte einen Moment lang Windstille, die Huberin kratzte sich an der Nase und fügte noch hinzu, leise, ein wenig träumerisch: „... jetzt, wo es Weihnachten wird ...", und da war es plötzlich, in dieser kleinen, stillen Pause, und Arev sah es aufleuchten: ein feines, blaugoldenes Schimmern zwischen den Buchstaben und schon war es wieder davon, verblasst. Aber Arev hatte es gesehen und darin einen schmalen Steg von Land zu Land erspäht.

Eigentlich hatte er es für möglich gehalten, hatte zumindest die Hoffnung darauf noch nicht aufgegeben – in jedem traurigen, enttäuschten und verhärmten, in alten Geschichten wie eingestaubten Menschen existierten kleine Zimmerfluchten, durch deren Türen die Weite noch erreichbar, der

Schritt ins Freie noch gangbar war, und wenn der Weg dorthin auch noch so verwinkelt schien. Schließlich galt die Einladung doch allen, die Einladung Gottes in Seines Raumes Weite. Hatte er sie nicht sorgsam in alle Herzen hineingesprochen auf seine unvergleichliche unwiderstehliche Art?

Der Käfer überwand im Laufschritt innerhalb eines Sekundenbruchteils zweiundachtzig Seiten Lyrik, indem er den Buchblock des Gedichtbandes auf dem kürzesten Weg überquerte. Arev war beeindruckt. Manchmal wünschte auch er sich eine solche Leichtigkeit in der Bewältigung blockartig thronender, in langen Stunden verfestigter Überzeugungen.

Nun war es nur noch ein schmales gelbes Papiertreppchen aus vier Essayseiten, das den Käfer vom Wiedererreichen der Tischplatte trennte. Wieder hielt das kleine, schwarze Tier inne, gerade auf einem fettgedruckten „wenn" stehend, um dann, langsamer und gleichsam feierlich, wieder auf die Tischplatte hinabzusteigen und den Weg, wohin, Arev wusste es noch nicht, fortzusetzen.

Weihnachten, 8.00 Uhr, bei Meiers

„Oma, ist das eine große Ente", staunt Maike. „Hast du denn auch einen so großen Topf?"

„Aber ja", antwortet die Oma und bereitet die Füllung vor. „Die wird uns köstlich schmecken. Allerdings dauert es eine Weile, bis sie gar und knusprig ist."

„Oma, kann ich dir noch ein bisschen helfen?"

„Ja gern, Maike, du kannst die Zwiebeln schneiden!"

„Oh, dann muss ich weinen", lacht Maike.

„Wo bloß der Opa bleibt?", rätselt die Oma. Heute Morgen hat er sich im Bett nur auf die andere Seite gerollt und gemurmelt, er wolle heute ausschlafen. Wir sollten ruhig schon einmal frühstücken, meinte er. Das haben wir nun schon vor einer Stunde getan ...

Oma und Maike schauen sich an.

Er wird halt müde sein, vielleicht hat er noch eine Menge Holz gehackt gestern Abend für den Kamin, denkt Maike.

Und die Oma denkt: Hoffentlich frühstückt er nicht so spät, dass er keinen Hunger zum Mittagessen hat...

„Hmmm, Oma, die Ente duftet schon ganz köstlich!"

„Du hast eine feine Nase, Maike", sagt die Oma, „aber die Ente braucht mindestens noch eine Stunde …"

Die Küchentür öffnet sich, und der Opa schlurft herein. Über den tannengrünen Schlafanzug hat er seinen winterblauen Morgenmantel gezogen. Einen verwuschelten Haarschopf hat er auch noch.

„Aaaah, Weihnachten", seufzt der Opa gemütlich, „ausschlafen, herumtrödeln, Ruhe … herrlich! Aber jetzt wird erstmal gefrühstückt!"

„Opa, willst du nicht warten, bis die Ente fertig ist", schlägt Maike vor, dann essen wir alle zusammen und du hast richtig Hunger!

„Och, Maike, es ist doch Weihnachten", bittet der Opa, „und da soll ich mit nüchternem Magen im Wohnzimmer sitzen?"

Er schneidet sich vier dicke Scheiben vom Brotlaib ab, setzt sich an den Küchentisch und öffnet das Erdnussbutterglas.

Die Oma und Maike schauen sich an.

Hoffentlich isst er nicht das ganze Glas leer, denkt Maike, es ist sowieso nicht mehr so viel drin. Und die Oma denkt: Nun bereite ich schon ein Festmahl zu, und mein Mann isst eine Stunde vorher noch vier Erdnussbutterbrote!

Maike und Oma stehen vor der Backröhre und schauen in den beleuchteten Ofen hinein, wo goldbraun die Ente dem Mittagessen entgegenbrutzelt. Aus dem Wohnzimmer hört man Schüsse und Pferdegalopp – Opa schaut bei einer Flasche Bier den Weihnachtswestern an.

„Opa, Opa, die Ente ist fertig!" Maike stürmt ins Wohnzimmer.

„Psst, Maike", winkt der Opa, „es ist gerade so spannend, es dauert auch nur noch eine gute Stunde. Aber jetzt ist erstmal die Entscheidung am Little Big Horn dran, hmm, wie das wohl ausgehen mag?"

„Aber Opa, wir können jetzt essen", drängt Maike.

„Pssst, ruhig", brummt der Opa und schaut gebannt auf zwei o-beinige Cowboys, die sich grimmigen Blickes gegenüberstehen.

„Ach, Opa", seufzt Maike. Der Opa nimmt einen Schluck Bier aus der Flasche und sucht die Fernbedienung, um den Ton lauter zu stellen.

Maike trödelt in die Küche zurück: „Was machen wir jetzt? Opa will unbedingt weiter schauen, und Hunger hat er auch noch keinen."

„Tja", sagt die Oma, „die Ente ist fertig, die Knödel auch, der Salat ist angemacht ..." Die Oma denkt angestrengt nach, und Maike sieht eine Ge-

Manch Hirtenkind trägt wohl
mit freudigem Sinn
Milch, Butter und Honig nach Betlehem hin;
ein Körblein voll Früchte,
das purpurrot glänzt,
ein schneeweißes Lämmchen
mit Blumen bekränzt.

Christoph von Schmid

witterwolke über ihre krause Stirn ziehen. Aber dann ist die Wolke wieder verschwunden, Omas Gesicht hellt sich auf, und sie ruft: „Ich habe eine Idee!"

Oma erzählt Maike, was ihr in den Sinn gekommen ist. Maike staunt, dann lacht sie, und schließlich ist sie begeistert. Das ist wirklich eine tolle Idee!

Opa soll auch wissen, was die beiden vorhaben, und so läuft Maike ins Wohnzimmer.

Der Opa hört noch nicht mal mit einem halben, eher mit einem viertel Ohr zu, brummt ein bestätigendes „Ja, ja, aber leise", und schaut gebannt zu, wie sich zwei Reitergruppen vor einem roten Hügel formieren.

Oma hat inzwischen die Ente zerlegt, die Knödel gut verpackt und den Salat in die große Plastikschüssel mit dem Deckel gefüllt.

Dann gehen die beiden schwer beladen und dick eingemummelt los, Oma mit dem Ententopf und Maike, den Salat und die Knödel balancierend.

Eine Tüte mit Papptellern und Omas Besteck darf auch nicht fehlen. Und etwas zu trinken und ein paar von den bunten Plastikbechern. Und ein Satz kerzenlichtgelbe Serivetten.

Unter der Brücke sitzen vier Männer und zwei Frauen. Ein struppiger, schwarzer Hund lagert auf einer Plastikplane und kratzt sich ausgiebig. Die Männer, zwei davon bärtig wie dunkle Nikoläuse, hocken und liegen auf ihren Schlafsäcken, eine der Frauen wärmt sich die Hände an einem Gasöfchen. Sie tragen dicke Mäntel, Anoraks und Schals. Es ist kalt hier draußen. Ein Kofferradio krächzt „O du fröhliche".

„Fröhliche Weihnachten!", ruft die Oma. Und Maike packt die Teller aus. Und denkt, irgendwie scheinen sich ihre Oma und diese Leute zu kennen. So, wie sie miteinander sprechen ...

Und dann hat es allen geschmeckt. Besonders gut sogar, denn alle hatten richtig Hunger, und die Ente war köstlich und ebenso die Beilagen. Das fand auch der Hund. Und zusammen schmeckt es sowieso am besten.

Die Gischt blendend weiß, im Überschlag der Wellen im Sand. Das Muster der letzten Wellenausläufer, sich überschneidend, mit zarter Randmarkierung. Bilder für Sekunden, und schon übermalt.

Das ist meine Trauminsel, dachte Lisa, so viel Schönheit und Weite, dass jede Bekümmernis dagegen winzig erscheint ... Sie trug die Sandalen in der Hand und ging barfuß, völlig ohne Eile, gemütlich entlang der Brandungslinie. Sie ließ sich Zeit.

Sieben Tage Urlaub und ihr erster kleiner Eindruck von Afrika war dies, nachdem sie zwei Wochen lang in der Ambulanz mitten im Slum der Hauptstadt ausgeholfen hatte, in der ihre jüngere Schwester Julia ein Freiwilliges Soziales Jahr absolvierte. Jule hatte nicht freinehmen können in dieser Woche vor Weihnachten, aber sie, die große Schwester, sollte unbedingt ans Meer und gerade auf diese Insel fahren und aufatmen und entdecken, was auch Julia schon entdeckt hatte: Weite, Schönheit und Ruhe. In zwei Tagen würde Lisa mit dem kleinen, meist überladenen Linienbus zurückfahren, die ‚kleine' Schwester abholen, und sie würden gemeinsam nach Hause fliegen, um mit der Familie zusammen Weihnachten zu feiern.

Jule hatte nicht zu viel versprochen.

„Was für ein prachtvoller Ort", dachte Lisa. Dieser kilometerlange einsame Strand am Indischen

Ozean war wirklich außerordentlich schön. Das kleine muslimische Dorf, in dem sie in einem einfachen Gästehaus untergekommen war, hatte sie jetzt hinter sich gelassen. Kein Auto gab es in den engen Gässchen, ja, auf der ganzen Insel nicht – nur Esel in allen Größen, Grautönen und Funktionen. Lisa hatte sich längst in ihre irgendwie freundlichen und geduldigen Gesichter verliebt, und zuweilen schmerzte es sie, was den Grauen alles aufgeladen wurde, von Holzlatten und Steinen bis hin zu kiloweise Sand, Reitern aller Art und Anzahl und umfangreichen Einkäufen vom Markt. In gewisser Weise war der Esel ja ein Weihnachtstier, dachte Lisa und lächelte, hatte nicht ein Esel als einer der Ersten das neugeborene Christkind begrüßt?

Der tiefblaue Himmel wölbte sich über Meer und Dünen. Ein kräftiger Wind zauste ihr zusammengebundenes Haar und zupfte immer wieder eine helle Locke heraus. Es war ein frischer Seewind, der den Geschmack nach Salz und Tang in sich trug.

Das Fort, eine alte Burg und heutzutage das teuerste Hotel der Insel, bildete das letzte Gebäude zu ihrer Rechten, dahinter streckten sich nur noch Meer und Sand und Himmel. Lisa hatte es sich in den Tagen, die sie nun schon ihr Inselleben führte, zur Gewohnheit gemacht, nicht gänzlich allein zu laufen. Gerne wartete sie, hin und

her wandernd, im sozusagen noch zivilisations-
nahen Strandbereich, bis auch andere Weiße sich
ins Nirgendwo aufmachten, um in unauffälliger
Distanz zu folgen. Immerhin, dies war Afrika,
nicht die Ostsee, und in den Reiseführern, die
sie durchgesehen hatte, wurde einstimmig davor
gewarnt, als Frau allein unterwegs zu sein. Und
immerhin hatte es, was ebenfalls in allen Reiseführern zu finden war, hier schon Entführungen
gegeben. Zwei weiße Frauen waren sogar von einer islamischen Terrormiliz verschleppt worden,
aber das war nun schon wieder drei Jahre her, und
es war letztendlich gut ausgegangen. Und auch
in Deutschland konnte einem ein Blumentopf auf
den Kopf fallen. Und trotzdem – eine winzige Rest-
angst blieb.

Der Wind trieb Sandschlieren vor sich her, wie
feiner Puderzucker stäubten die Körnchen über
den feuchten Flutsand und prickelten an den Wa-
den. Nein, ängstlich war sie nicht. Aber gedan-
kenlos unvorsichtig wollte sie auch nicht sein. In
der Ferne konnte sie gerade noch zwei helle Gestalten erkennen, die in der Weite des einsamen
Strandes in Richtung Horizont liefen. Eine davon
schien kleiner, die andere etwas größer. Ob es ein
Mann und eine Frau waren, konnte sie auf diese
Entfernung nicht ausmachen. Wie auch immer –
es war ein weißes Paar, und diesem würde sie in
großer Distanz noch ein Stück in die Menschenlee-

re folgen. Weiter oben, am Dünenrand, entdeckte sie eine schwarze Gestalt, vermutlich einen Einheimischen, der beim Sandschaufeln war. Eine Gruppe von Eseln, die allesamt Körbe auf den Rücken trugen, stand um ihn herum. Aus der Ferne konnte sie noch ein rotes T-Shirt erkennen und die Bewegung des Schippens. Und das Wedeln der Eselschwänze.

Lisa lief ruhigen Schrittes und genoss die Gleichzeitigkeit aus Langsamsein und Bewegung. Das warme Meerwasser umspielte in verlässlichem Rhythmus von Vor und Zurück ihre Knöchel wie ein vorsichtiger Gruß. Der Wind zupfte und schüttelte die niedrigen Palmen am Dünenrand und spielte Raschelmelodien in ihren Blättern. Überall hinter der Wasserlinie streckten sich grüne Sprosse gen Himmel, wo Palmenfrüchte ihr Wurzelwerk im Sand verankert hatten.

Eigentlich war sie, zumindest für deutsche Verhältnisse, nicht aufreizend gekleidet. Die hellen, knielangen Hosen waren weit und angenehm zu tragen in der Hitze der Tropensonne, die weite, weiße Bluse hing lose und bedeckte die bloßen Arme bis hinunter zum Ellbogen. Im Vergleich zu den von Kopf bis Fuß schwarz verschleierten Frauen allerdings musste sie so doch vergleichsweise freizügig wirken, dachte Lisa. Was die Einheimischen sich wohl über die Touristen dachten? War dies vielleicht eine Plage, die man aus wirtschaftlichen Aspekten

Stille Nacht, heilige Nacht!
Wo sich heut alle Macht
väterlicher Liebe ergoss
und als Bruder huldvoll umschloss
Jesus die Völker der Welt.

Joseph Mohr

in Kauf nahm? Ob man das so geradeheraus fragen und eine ehrliche Antwort erwarten konnte? Vermutlich nicht. So freundlich, geduldig und überaus diplomatisch, wie sie die Menschen im Dorf erlebte, verbot sich eine Frage wie diese eigentlich, obwohl Lisa zuweilen dachte, sie müsse ihr Mitgefühl auf diese Weise ausdrücken.

Lisa ließ den Gedanken im Seewind verwehen und staunte über das Sonnenfleckenspiel der sich überschneidenden Wellenausläufer. Sah man länger hin, konnte es einen geradezu schwindelig und ein wenig wirr im Kopf machen in der Betrachtung der sich immer weiter überlagernden Muster.

Die beiden Weißen in der Ferne bewegten sich in etwa gleicher Geschwindigkeit wie sie in Richtung Horizont. Im zarten Dunst der Ferne verlor sich der Strand und verschmolz als blau violetter Schemen mit der Horizontlinie des Ozeans. Lisa blickte zurück in die Richtung, aus der sie gekommen war, wo das Fort nun nicht mehr sichtbar blieb. Niemand folgte ihr. In der Ferne wurden noch die Esel beladen. Die Dünen mit ihren wenigen, kurzstämmigen Bäumen und Büschen blieben ein Ort, an dem vielleicht, aber vielleicht auch nicht noch andere unterwegs waren.

Jetzt hatten die beiden Weißen die Richtung gewechselt und kehrten zurück. Lisa beschloss, ihnen weiter entgegenzugehen, und in genügend großem Abstand dann ebenfalls umzukehren.

Wie klein wir doch sind, dachte sie, in der Größe dieser Landschaft. Was für ein Kontrast zu dem Menschengewimmel in der großen Stadt, im Slum mit seiner ungeheuren Besiedlungsdichte. Brächte man alle Kinder von dort für einen Ferienausflug hierher, es wäre immer noch genügend Platz. Und sie stellte sich die vielen, im Mangel und schlechter Luft lebenden Kinder vor, wie sie hier im niedrigen Wasser ihren Spaß hätten und spürte die Wehmut, die sie oft berührt hatte in den letzten Wochen, in denen sie in der Verwaltung des Mangels gearbeitet und sich täglich von den Auswüchsen der Armut berührt gefühlt hatte.

Jetzt kamen die beiden Weißen näher, und Lisa sah, dass es zwei Männer waren, ein kleinerer mit kurzen Beinen und ein größerer Kräftiger.

Sie blieb stehen und blickte aufs Meer. Kontakt wollte sie nicht aufnehmen. Nein, wirklich nicht. Eher beschäftigt aussehen, bei sich bleiben, die Haut aus Ruhe und Frieden bewahren und ihre Langsamkeit und …

„Sieh mal an, da wartet eine Blondine auf uns", hörte sie in ihrer Muttersprache einen der Männer sagen, als die beiden fast auf ihrer Höhe angekommen waren.

„Ignorieren", dachte Lisa, „Abstand halten." Sie watete ein Stück ins flache Wasser und vertiefte sich in die Betrachtung einer Muschel, nein, eher einer Meerschnecke mit dunklen Punkten, hatte die noch einen Bewohner, oder ...

„Hallo Kleine, so verschämt?" Die beiden waren stehengeblieben. „Komm doch mal rüber, dass wir dich begrüßen können."

Nun denn, wenn es nicht anders ging. Lisa hob den Blick, wandte sich um und sah in das von der Sonne dunkelrot verbrannte Gesicht des Größeren. Die Augen waren hinter einer spiegelnden Sonnenbrille nicht zu entdecken. Der Große grinste breit. Ein unangenehmes, distanzloses Grinsen, entschied sie. Ein Goldkettchen blitzte in der Sonne, der ebenfalls stark gerötete Bauch wölbte sich über die blaublumig gemusterte Badehose. Auch der Kleinere, der ein Stückchen weiter weg nun auch mit den Füßen im Wasser stand, erhielt noch keine Sympathiepunkte auf ihrer Bewertungsskala, auch er mit Goldkettchen und Spiegelbrille ausgerüstet, die weite Badehose in Rosatönen. Beide barfuß, kräftige Handwerkerhände.

„Lassen Sie mich in Ruhe", sagte Lisa laut und deutlich, fühlte sich aber vor Nervosität leicht außer Atem. Und hatte das Gefühl, dass ihr die trockene Zunge am Gaumen kleben blieb. Hatte den Wunsch, zu fliehen.

Sie begann, in weitem Bogen sich entfernend, in Richtung Strand zu waten, an dem Kleineren vorbei, aber die Beiden setzten sich ebenfalls in Bewegung und verstellten ihr den Weg.

Woher hatte sie eigentlich die Überzeugung genommen, dass Weiße an einem einsamen Strand eine Garantie für Sicherheit darstellten, fragte sich Lisa und stemmte die Arme in die Hüften. Aufplustern konnte vielleicht helfen, aber sie spürte, wie sich ihr Puls beschleunigte.

„Zickig, die Kleine", sagte der Große, mit eine Stimme wie Schmirgelpapier.

Lisa vergewisserte sich der Sandalen in ihren Händen und fasste sie fester. Sie versuchte, einen Vorsprung zu gewinnen, indem sie erneut die Richtung änderte und zügig in Richtung Dorf schritt, aber die beiden holten auf, und plötzlich spürte sie eine feste Hand auf ihrer Schulter.

„Hey, Kleine, wir dachten, du bist unser Weihnachtspäckchen ..."

Lisa wandte sich mit einem Ruck um und versuchte, sich loszureißen, aber schon spürte sie, wie der Große sie mit eisernem Griff an sich zog, eine Mischung aus Sonnenöl, Männerschweiß und kaltem Zigarettenrauch schlug ihr ins Gesicht, und sie spürte die klebrige Wärme der verschwitzten Haut, sodass auch keine Möglichkeit blieb, auszuholen und mit den Sandalen zu schlagen. Sie kämpfte und wand sich und stieß mit den Ellbogen, als plötzlich, völlig unpassend in dieser Situation und wie aus der Zeit gefallen, jemand laut und mit heller Stimme „Merry Christmas! Merry Christmas!" rief, und dann ging alles ganz schnell, ein Schmerzensschrei ertönte, und die Schmirgelpapierstimme krächzte: „Mann, der Schwarze ist bewaffnet!", ein rotes T-Shirt blitzte auf, und dann stand Lisa im Sand, die beiden Weißen machten sich eilig in Richtung Dorf davon, der Große die Hand im Rücken und unter lautem Schimpfen, und vor ihr stand, mit hoch erhobener Schaufel, der Einheimische, den sie aus der Ferne mit der Eselherde beobachtet hatte. „Sorry, sorry", sagte dieser und fragte auf Englisch, ob sie verletzt sein.

Eigentlich nicht, dachte Lisa, wenn man davon absieht, dass mir gerade ein Teil der Schönheit und Ruhe, dieses Gehäuse aus Wohlgefühl, zerbrochen ist, das Vertrauen in die Sicherheit, das Gefühl von Unverletzlichkeit, und eine Träne lief ihr über die Wange und tropfte in den Sand. Sie schüttelte den Kopf.

Ihr Retter stellte die Schaufel ab. „Sorry, sorry", sagte er noch einmal.

Sie brauchte einen Moment, um sich wieder innerlich zu sortieren. Aber dann schaute sie auf und dankte dem jungen Mann, der immer noch dastand und besorgt zu ihr herüberblickte.

„Wieso eigentlich Merry Christmas?", fragte sie.

Na ja, das feierten die Christen doch bald, das sei doch ein Friedensfest? Zumindest eines, an dem man freundlich zueinander sein sollte? Der junge Mann lächelte. Aber jetzt müsse er zu seinen Eseln zurück. Ob sie in Begleitung ins Dorf zurückgehen wolle?

Gern, sagte Lisa, und wollte keineswegs noch einmal diesen beiden Urlaubern begegnen, und war wütend und voller Zorn, und fragte sich zugleich, ob es Sinn machen würde, zur Polizei zu gehen, so es eine gab, und ob das überhaupt Folgen haben würde für die beiden. Und nein, sie wollte jetzt und hier nicht allein sein. Also stapfte sie hinter dem Schaufelträger her in Richtung Dünen. Geduldig standen die Esel dort, die Köpfe gesenkt, schwer mit ihren Sandsäcken beladen. Standen einfach nur und warteten und schauten irgendwie sanft und freundlich, und der Anblick tröstete sie, warum auch immer ein Blick aus Eselaugen trösten kann.

Und dann machten sie sich auf den Weg zurück zum Dorf, und das Meer, unbeeindruckt von aller menschlichen Widerwärtigkeit oder Heldentat, warf eine schäumende Welle nach der anderen auf den in der Sonne glitzernden Strand unter dem hohen, strahlend blauen Himmel.

Und als sie das Dorf erreichten, war fast alles wieder geradegerückt in Lisas Herz und Denken einschließlich der Wut und dem Entschluss, dass sie etwas unternehmen würde, damit diese beiden nicht unbehelligt blieben. Ja, die Wut war noch da und stark und lebendig, aber auch die Dankbarkeit und die Erkenntnis, dass zuweilen nichts ist, wie es scheint.

„Danke! Danke!" Wie kann man sich so bedanken, dass deutlich wird, wie kostbar einem der Dank ist?

„It is o. k.", sagte Ismael, der junge Mann mit den Eseln.

„Was kann ich dir geben für deine Hilfe?", fragte Lisa und vermutete, dass es Geld sein könnte.

„It is o. k.", sagte Ismael, „Merry Christmas!"

Zur Autorin:
Dr. Sabine Waldmann-Brun ist Ärztin, Künstlerin und Autorin. Studium der freien Malerei, Glasgestaltung und Buchillustration an der Staatlichen Akademie der Bildenden Künste Stuttgart. Studium der Humanmedizin an der Universität Tübingen. Heute lebt und arbeitet Dr. Sabine Waldmann-Brun zu gleichen Teilen als Chirurgin und bildende Künstlerin, unter anderem auch als Buchillustratorin. Sie schreibt Geschichten für Kinder und Erwachsene.
Im Internet: www.sabinewaldmannbrun3.jimdo.com/

Bildnachweis:
Gestaltet unter Verwendung von Grafiken von: Nikiparonak, vickram, andreasnikolas, Yarbsontan Nionadr, Colorpills, Bourbon-88, Bun Mihail, Gefien, Zapomicron, ArtMari, Broshko, Jena_Velor, alle shutterstock.com.

ISBN 978-3-86917-730-4
© 2019 Verlag am Eschbach
Verlagsgruppe Patmos in der Schwabenverlag AG, Ostfildern
Im Alten Rathaus/Hauptstraße 37
D-79427 Eschbach/Markgräflerland
Alle Rechte vorbehalten.

www.verlag-am-eschbach.de

Gesamtgestaltung: Angelika Kraut, Verlag am Eschbach
Schriftvorlagen: Ulli Wunsch, Wehr
Herstellung: Grafisches Centrum Cuno GmbH & Co. KG, Calbe

Manufakt

Dieser Baum steht für umweltschonende Ressourcenverwendung, individuelle Handarbeit und sorgfältige Herstellung.